JOSEPH.

Puisque je vous dis qu'il est...

FRÉDÉRIC.

Puisque je vous réponds que j'attendrai.

JOSEPH.

Alors, si monsieur, veut me dire son nom?

FRÉDÉRIC.

C'est inutile, monsieur Duresnel ne me connaît pas.

JOSEPH.

Ça ne fait rien, il est d'usage de...

FRÉDÉRIC.

Eh bien ! annoncez monsieur Pierre, Paul, Jacques, Philippe, Antoine, Augustin...

JOSEPH.

Mais, monsieur, je ne retiendrai jamais...

FRÉDÉRIC.

Eh bien ! alors, ne m'annoncez pas ; c'est tout ce que je vous demande.

JOSEPH, *à part en sortant.*

En voilà un drôle de citoyen !

FRÉDÉRIC, *examinant le salon.*

Ce salon ressemble à tous les salons ; rien d'extraordinaire... rien qui annonce la monomanie... c'est particulier... le mobilier est confortable... ce fauteuil, (*Il s'assied.*) Ce fauteuil est parfaitement conditionné, c'est part...

JOSEPH, *rentrant d'un ton bourru.*

Monsieur a dit que vous attendiez. (*Il sort par le fond.*)

FRÉDÉRIC, *seul.*

Ce domestique est laid, grossier... il ressemble à tous les domestiques... c'est à confondre, ma parole d'honneur ! moi qui croyais tomber dans... un musée... je suis volé... j'ai bien envie de m'en aller.

TIMOLÉON, *à la cantonnade.*

Oui, Joseph... oui, j'attendrai !

FRÉDÉRIC.

Je connais cette voix là , moi. (*Il remonte.*)

SCÈNE III.

FRÉDÉRIC, TIMOLÉON, *entrant.*

TIMOLÉON.

Frédéric !... qu'est-ce que tu viens donc faire ici ?

FRÉDÉRIC.

Et toi ?

TIMOLÉON.

Moi ?... je suis... l'ami de la maison.

FRÉDÉRIC.

Alors, permets-moi d'en concevoir d'avance une mauvaise opinion.

TIMOLÉON.

Tu aurais tort, mon cher, ce sont des gens très-bien.

FRÉDÉRIC.

Des originaux, n'est-ce pas ?

TIMOLÉON, *étonné.*

Pas le moins du monde... Monsieur Duresnel est un fort galant homme, causeur aimable et spirituel, donnant des bals, où l'on s'amuse ; des dîners où l'on mange... sérieusement... possédant une cave... du meilleur style et soixante mille livres de rentes...

FRÉDÉRIC.

Combien d'enfants ?

TIMOLÉON.

Deux... et une femme charmante, un peu vaporeuse, un peu coquette, mais c'est de son âge...

FRÉDÉRIC, *étonné.*

Comment, elle a ?...

TIMOLÉON.

Vingt-cinq ans.

FRÉDÉRIC.

Ses enfants sont donc au berceau ?

TIMOLÉON.

Le fils a dix-huit ans... joli cavalier... (*Souriant.*) un peu... naïf... un peu enthousiaste... mais ça se passera... Quant à la fille, c'est une jolie petite personne, mince comme un roseau,

blanche comme Phœbé, et qui fait la révérence avec une précision géométrique.

FRÉDÉRIC.

Monsieur Duresnel a donc convolé ?

TIMOLÉON.

Depuis cinq ou six ans.

FRÉDÉRIC.

Ah ! il a fait bis ?... Allons, adieu, Timoléon !

TIMOLÉON.

Comment, tu t'en vas !

FRÉDÉRIC.

Parbleu, du moment que les Duresnel ressemblent au commun des martyrs, je n'ai plus que faire ici.

TIMOLÉON.

Tu sais que je ne comprends pas.

FRÉDÉRIC,

Mon cher, tu sauras d'abord, que j'étais venu ici pour me faire flanquer à la porte.

TIMOLÉON.

A la ?...

FRÉDÉRIC.

Porte... Il faut te dire que j'avais passé une nuit stupide... j'avais dormi de dix heures du soir à dix heures du matin, comme un sans cœur, comme un bourgeois, comme un homme qui aurait payé son terme... En m'éveillant, le besoin de me distraire se fit impérieusement sentir, et je me tordais l'imagination... lorsqu'en parcourant les Petites-Affiches...

TIMOLÉON.

Ah ! bah ! tu lis ça, toi ?

FRÉDÉRIC.

Comment... ça ? mais les Petites-Affiches, c'est tout une peinture de mœurs ! pas de phrases ; là, pas de théories, point de paradoxes ; des faits ! les misères de l'homme, ses besoins, son ambition, les rêves qu'il forme, les pièges qu'il tend, tout y est ; c'est l'espérance du commis sans emploi ; la providence des enfants qui ont soif et des nourrices qui ont faim ; c'est la trompette du charlatan et le parnasse du boutiquier ; qui, moyennant un pégase à cinquante centimes la ligne, peut voir son nom, sa prose, et son adresse voler à la postérité.

TIMOLÉON, *riant.*

A ce point de vue là, c'est différent.

FRÉDÉRIC.

Je reprends : en parcourant les Petites-Affiches, je lus ceci : « On demande un gouverneur, s'adresser chez monsieur Duresnel, 5 rue Laffite. « On demande un gouverneur » me parut tellement exhorbitant dans le siècle où nous sommes que je m'écriai. Voilà mon affaire ! allons voir monsieur Duresnel ! ce doit être un homme fantastique, idéal, anté-diluvien ! il doit avoir une queue, des souliers à boucles, une canne à pomme d'ivoire, et une figure en pomme de canne.

TIMOLÉON, *riant.*

Je comprends, tu croyais trouver, et, pas du tout, tu as trouvé... ah !... ah !... ah !

FRÉDÉRIC.

Justement... (*A part.*) Il est bête comme tout... (*Haut.*) Adieu, Timoléon.

(*Il va sortir, Duresnel entre de gauche.*)

SCÈNE IV.

LES MÊMES, DURESNEL.

DURESNEL, *d'un ton froid à Timoléon.*

Monsieur Timoléon, je vous salue, (*A Frédéric.*) C'est vous monsieur, qui m'avez fait l'honneur de...

FRÉDÉRIC.

Moi ? non, monsieur... je...

TIMOLÉON, *vite.*

Si vraiment... Monsieur me disait qu'il avait à vous parler.

FRÉDÉRIC, *bas à Timoléon.*

Animal !

DURESNEL.

Je vous demande pardon de vous avoir fait attendre ; mais, devant quitter Paris tout à l'heure...

FRÉDÉRIC, *vite.*

Je comprends ; vous êtes occupé et je serais désolé...

DURESNEL.

Nullement, monsieur, et je suis tout à vous.

FRÉDÉRIC, *à part*.

Allons bon ! il est très-bien cet homme.

DURESNEL, *froid*.

Monsieur Timoléon, c'est sans doute ma femme que vous venez voir ? vous la trouverez dans le petit salon.

TIMOLÉON.

Mais je crains...

DURESNEL.

Allez donc, monsieur, elle sera enchantée de vous recevoir.

TIMOLÉON.

Puisque vous permettez... (*Bas à Frédéric.*) Barbotte, mon bonhomme. (*Haut.*) Messieurs... (*Il salue et entre à droite.*)

ENSEMBLE.

AIR : *la Nuit de Noël*.

TIMOLÉON.

Je ris de sa figure
Et de son embarras ;
A pareille aventure,
Il ne s'attendait pas.

FRÉDÉRIC.

Il rit de ma figure
Et de mon embarras :
Cher ami, je te jure
Que tu me le paieras.

DURESNEL.

Il a bonne tournure,
Mais je ne comprends pas ;
Pourquoi sur sa figure
Se peint tant d'embarras.

SCÈNE V.

FRÉDÉRIC, DURESNEL.

FRÉDÉRIC, *à part*.

Il n'a pas de boucles à ses souliers ; je suis fâché d'être venu.

DURESNEL.

Maintenant, monsieur, je suis à vos ordres. (*Il lui avance un fauteuil et s'assied.*)

FRÉDÉRIC, *s'asseyant aussi à part*.

S'il avait une queue, au moins !...

DURESNEL.

Je vous écoute.

FRÉDÉRIC, *haut*.

Est-ce bien vous, monsieur, qui avez demandé un gouverneur... dans les Petites-Affiches ?

DURESNEL.

Oui, monsieur, c'est moi ; cela vous fait sourire ? c'est pourtant un moyen fort commode ; supposez que je demande un gouverneur à quelqu'un de mes amis, je suis forcé de l'accepter de confiance, quelqu'il soit, sous peine de froisser cet ami ; tandis qu'ayant recours aux Petites-Affiches, je puis étudier le candidat tout à mon aise... et le remercier s'il ne me convient pas...

FRÉDÉRIC.

C'est parfaitement raisonné. (*A part.*) Faisons-nous congédier vivement. (*Haut.*) Eh bien, monsieur, je viens vous offrir mes services.

DURESNEL.

Vous, monsieur ? je n'aurais pas cru... à votre âge, à votre tournure...

FRÉDÉRIC.

Ne parlons ni de ma tournure ni de mon âge. J'ai vingt-huit ans et je suis très-bien tourné... Mais parlons de mes qualités.

DURESNEL, *étonné*.

Vous en avez beaucoup ?

FRÉDÉRIC.

On le dit, monsieur...

DURESNEL.

Je vous serais obligé de les énumérer.

FRÉDÉRIC.

Avec plaisir, monsieur ; tel que vous me voyez, je monte à cheval comme Robinson, je tire l'épée et le pistolet comme Saint-Georges, le bâton comme...

DURESNEL, *stupéfait*.

Plaît-il, monsieur ?

FRÉDÉRIC.

Permettez ; je n'ai pas fini : je joue au billard comme Berger, au Whiste comme Talleyrand... je connais les femmes comme feu Lovelace, je danse comme Brididi et je joue aux dominos comme le chien Munito

DURESNEL *le regarde ; après un temps :*

Comme le chien ?

FRÉDÉRIC, *saluant*.

Munito.

DURESNEL.

Très bien... Mon Dieu, monsieur... j'apprécie beaucoup ces divers talents... réunis... mais je vous avoue que ce n'est pas là... tout à fait, le genre de gouverneur que j'avais rêvé pour mon fils.

FRÉDÉRIC.

Ah !

DURESNEL.

Pourtant, monsieur... certainement que...

FRÉDÉRIC, *à part*.

Il ne sait comment me congédier. (*Haut et se levant.*) Allons, je vois que je ne conviens pas à Monsieur ?

DURESNEL.

Oh ! ce n'est pas que... et... si Monsieur veut me laisser son adresse, je verrai... je réfléchirai... et...

FRÉDÉRIC.

Comment donc, monsieur, c'est trop naturel, voici ma carte.

DURESNEL.

Je vous remercie.

FRÉDÉRIC, *saluant*.

Monsieur, enchanté malgré tout, d'avoir fait votre connaissance... (*Il remonte pour sortir.*)

DURESNEL, *à part*.

Je suis curieux de savoir le nom de ce mauvais plaisant. (*Lisant.*) Frédéric de Marsan ! (*Haut.*) Pardon, Monsieur. (*A part.*) Oh ! non, c'est impossible ! (*Tirant vivement une lettre de sa poche.*) C'est bien lui.

FRÉDÉRIC, *au fond, saluant*.

Monsieur.

DURESNEL.

Monsieur, encore un mot, s'il-vous-plaît.

FRÉDÉRIC, *souriant*.

A moi ? est-ce que vous auriez regret ?

DURESNEL.

Peut-être ; car enfin il est certain que vous possédez des qualités rares et précieuses. Ainsi l'escrime, l'équitation... Tout cela est loin d'être inutile... Savez-vous nager ?

FRÉDÉRIC, *à part*.

Il veut me faire poser... (*Haut.*) Au dernier débordement de la Loire, j'ai retiré de l'eau... une maison.

DURESNEL.

Fort bien... Vous dessinez ?

FRÉDÉRIC.

D'après nature... avec un daguerréotype.

DURESNEL.

Et vous êtes sans doute musicien ?

FRÉDÉRIC, *modestement*.

Je joue du basson.

DURESNEL.

L'instrument qui rappelle le plus la voix de l'homme.

FRÉDÉRIC, *riant*.

Quand il est enrhumé, oui, monsieur.

DURESNEL.

De l'esprit et de la gaîté, c'est plus qu'il n'en faut !

FRÉDÉRIC.

Plaît-il ?

DURESNEL.

Décidément, monsieur, vous m'allez parfaitement.

FRÉDÉRIC, *étonné*.

Hein ?... je vous vais ?...

DURESNEL.

Parfaitement.

FRÉDÉRIC, *à part, s'asseyant.*

La pose continue (*Haut.*) Pardon, monsieur, pardon ; mais avant d'accepter une mission toute de confiance comme celle de gouverneur, un honnête homme doit se faire connaître sur toutes ses faces.

DURESNEL.

La remarque est déjà d'un cœur loyal.

FRÉDÉRIC.

Monsieur, je vous avoue que mon éducation morale et intellectuelle n'est pas très... corsée.

DURESNEL.

Avec de l'intelligence et de la droiture on s'en passe aisément.

FRÉDÉRIC.

Oh ! ce n'est pas tout !.. Vous saurez que jusqu'ici j'ai mené l'existence la plus folle, la plus dissipée... J'ai hanté tous les mauvais sujets de Paris, monsieur.

DURESNEL.

Bien !

FRÉDÉRIC.

J'ai joué un jeu d'enfer.

DURESNEL.

Très bien !

FRÉDÉRIC.

Et j'ai toujours perdu.

DURESNEL.

Tant mieux ! continuez.

FRÉDÉRIC.

Monsieur, j'ai eu 10 duels et j'ai été blessé 10 fois. Enfin j'ai eu 75 maîtresses avec lesquelles j'ai mangé quatre héritages... et avec lesquelles j'ai l'honneur d'être, monsieur... (*Il va s'éloigner.*)

DURESNEL, *le retenant.*

Parfait, monsieur, c'est parfait.

FRÉDÉRIC, *ébahi.*

Comment ?... Tout cela ne vous fait pas peur ?

DURESNEL.

Au contraire.

FRÉDÉRIC.

Mais tout-à-l'heure ?

DURESNEL

Tout-à-l'heure, monsieur, je vous avais pris pour un mauvais plaisant ; mais, peu à peu, j'ai compris la haute portée de vos paroles.

FRÉDÉRIC.

La haute portée de...

DURESNEL.

Sans doute... vous vous êtes dit, un jeune homme qui sort du collége n'a que faire du grec et du latin ; ce qu'il lui faut, c'est la science du monde, de l'usage et de l'étiquette ; — et vous vous présentez fort bien.—Ce qu'il lui faut, c'est de savoir diriger habilement la course d'un cheval, la pointe d'une épée ou le canon d'un pistolet... et je prétends que mon fils sache tout cela... voire même la boxe et le bâton... oui, monsieur ! car enfin on ne peut pas se battre en duel avec le premier venu ; et il est bon , parfois, de savoir se servir des armes que la nature nous a confiées.

FRÉDÉRIC, *à part.*

Qu'est-ce qu'il dit ?... qu'est-ce qu'il dit?...

DURESNEL.

Je vous ai compris, vous dis-je ; et ce qui m'a séduit, surtout, c'est l'expérience que vous avez des choses de la vie.

FRÉDÉRIC.

Quoi, vous ne craignez pas ?

DURESNEL.

Votre passé ?... non certes ! car les dangers que vous avez courus, les écueils où vous êtes tombé... vous saurez en préserver votre élève... libertin ruiné , joueur dépouillé , duelliste échaudé, vous pourrez prêcher mieux que personne la sagesse, la prudence et l'économie ; et quand, à l'appui de vos conseils, vous montrerez à mon fils votre poitrine meurtrie, votre bourse et votre cœur desséchés... il faudra bien qu'il vous croie !... (*Tranquillement.*) N'est-ce pas monsieur ?

FRÉDÉRIC, *balbutiant.*

Il est certain que...

DURESNEL.

Vous voyez bien que je vous ai parfaitement compris.

FRÉDÉRIC *à part.*

Ah ça ! quel est celui qui se moque de l'autre, ici ?

DURESNEL.

Maintenant, je dois vous dire que, dans une heure, je pars pour Bordeaux. (*Mouvement de Frédéric.*) Vous connaissez Bordeaux ?

FRÉDÉRIC.

Vaguement, monsieur, il y cinq ans que je l'ai quitté... mais ma famille, mon père y demeure.

DURESNEL, *à part.*

Plus de doute. (*Haut.*) Je vais donc à Bordeaux, pour un mois ou deux, et, en mon absence, je serais heureux de laisser ici un autre moi-même.

FRÉDÉRIC.

Moi, monsieur ?

DURESNEL.

Vous.

FRÉDÉRIC, *changeant de ton.*

Ah ça ! monsieur Duresnel... parlons net... vous avez une raison pour agir ainsi ? car enfin, il n'est pas naturel...

DURESNEL.

En effet... j'en ai une... monsieur de Marsan.

FRÉDÉRIC.

Laquelle ?

DURESNEL.

Il est inutile que vous la sachiez, si vous n'acceptez pas ; et si vous acceptez, vous la connaîtrez, à l'heure de mon départ.

FRÉDÉRIC, *stupéfait.*

Ah !

JOSEPH, *entrant bas à Duresnel.*

Monsieur !

DURESNEL.

Qu'est-ce que c'est ? vous venez m'interrompre quand je suis occupé !

JOSEPH.

Monsieur Benjamin veut absolument vous parler.

DURESNEL, *à part.*

Encore cet homme ! (*A Joseph.*) Dites que je suis à lui. (*Joseph sort.*) Monsieur, je suis forcé de vous quitter un moment ; faites, pendant ce temps, vos dernières réflexions.

ENSEMBLE.

Terre promise. — Acte II , scène X.

FRÉDÉRIC.

Certes, il faut que je me prononce ;
Partant dès ce soir,
Il veut se pourvoir ;
Mais il est clair que ma réponse,
Il doit, à coup sûr, déjà la prévoir.

DURESNEL.

Il faut, monsieur, qu'on se prononce ;
Car, vous le savez, je pars ce soir ;
En attendant votre réponse,
De vous conserver j'ai l'espoir.

SCÈNE VI.

FRÉDÉRIC *seul ; un temps.*

Et moi qui lui supposais une tête en pomme de canne ! allons, j'ai voulu m'amuser de monsieur Duresnel, c'est lui qui s'est amusé à mes dépens. Eh bien ! mon garçon, tu n'as qu'une chose à faire, c'est de mettre la leçon à profit et de... (*Il fait un pas pour sortir.*) Pourtant, ce motif qu'il dit avoir... (*En ce moment la porte du fond s'entrouvre.*)

TIMOLÉON, *à la cantonnade.*

Madame, je vous présente mes respectueux hommages.

ESTELLE, *de même.*

A bientôt, n'est-ce pas ?

FRÉDÉRIC *à part.*

Timoléon !... comment, il est encore là ! il les fait longues ses visites à madame Duresnel. (*Subitement.*) Est-ce que par hasard ?... nous allons bien voir.

SCÈNE VII.

FRÉDÉRIC, TIMOLÉON.

TIMOLÉON, *à Frédéric.*

Comment tu es encore là ?

FRÉDÉRIC.

Tu le vois bien.

TIMOLÉON.

Tu n'as donc pas réussi à te faire mettre à la porte?

FRÉDÉRIC.

A la porte?... il s'agit bien de cela; je suis nommé, mon cher.

TIMOLÉON.

Nommé... quoi?

FRÉDÉRIC.

Gouverneur du petit.

TIMOLÉON.

Toi?... allons donc!...

FRÉDÉRIC.

C'est comme ça...

TIMOLÉON.

Mais tu as refusé, bien entendu?

FRÉDÉRIC.

Pas encore... je flotte.

TIMOLÉON.

Tu plaisantes.

FRÉDÉRIC.

Mais non... tu m'as parlé d'une jeune femme, coquette, romanesque, et, ma foi!...

TIMOLÉON.

Hein?... tu voudrais faire la cour à madame Duresnel?

FRÉDÉRIC.

Pourquoi pas?

TIMOLÉON.

Ah! mais, dis donc, pas de bêtises, au moins.

FRÉDÉRIC, *l'observant.*

Qu'est-ce que ça peut te faire.

TIMOLÉON.

Rien... mais... monsieur Duresnel est mon ami et tu comprends...

FRÉDÉRIC.

Toi, l'ami d'un homme qui a une jolie femme?... à d'autres, mon bon!

TIMOLÉON.

Je te jure...

FRÉDÉRIC.

C'est donc pour la fille que tu viens?

TIMOLÉON.

Encore moins...

FRÉDÉRIC.

Dis ta parole d'honneur!

TIMOLÉON.

Ma parole d'honneur!

FRÉDÉRIC, *appuyant.*

Alors, du moment que tu ne me fais pas concurrence...

TIMOLÉON.

Bah! tu as des vues sur la petite?... mais je croyais que tu n'aimais pas les brunes?

FRÉDÉRIC, *à part.*

Il paraît qu'elle est brune. (*Haut.*) Les brunes? mais je les adore; surtout quand elles possèdent comme... (*A part*) Diable, je ne sais pas son nom. (*Haut.*) Comme... elle! une taille! Que dis-tu de sa taille?

TIMOLÉON.

Charmante.

FRÉDÉRIC.

Et des yeux!... que dis-tu de ses yeux?

TIMOLÉON.

Ravissants!

FRÉDÉRIC.

Et son âge?... crois-tu qu'elle ait plus?

TIMOLÉON.

Non... dix-sept ans à peine.

FRÉDÉRIC.

Elle ne les paraît pas... ah! mon ami, c'est une charmante fille que... mais je n'aime pas son nom.

TIMOLÉON.

Il me semble pourtant que Valentine...

FRÉDÉRIC.

Oui... Valentine... Valentine... je finirai par m'y habituer.

TIMOLÉON.

Dis donc, Frédéric... je comprends maintenant!

FRÉDÉRIC.

Quoi?

TIMOLÉON.

Cette démarche... On demande un gouverneur... c'était un prétexte pour...

FRÉDÉRIC.

Justement; maintenant il s'agit de nous entendre. Trahison pour trahison, appui pour appui; si tu dis ce que je suis, dis ce que tu es; mais, si tu me sers auprès de monsieur, je te servirai auprès de madame, ça te va-t-il?

TIMOLÉON.

Ça me va!

FRÉDÉRIC, *avec bonhomie*

Tu avoues donc?

TIMOLÉON.

Parbleu!

FRÉDÉRIC.

Et... l'affaire est-elle en bon chemin?

TIMOLÉON.

Je ne suis pas mécontent; elle a résisté jusqu'ici, mais...

FRÉDÉRIC.

Ah! elle a...

TIMOLÉON.

Oui... mais le mari va faire un long voyage... et tu comprends... qu'en son absence, il est impossible...

FRÉDÉRIC.

Fort bien; mais j'y pense!... Et Rosalie? la divine Rosalie qui t'a fait signer, il y a trois mois, une promesse de mariage en reconnaissance de...

TIMOLÉON.

Chut donc! nous sommes brouillés à mort.

FRÉDÉRIC, *bas,*

Comment!...

TIMOLÉON.

Oh! c'est tout bonnement un coup de maître!... Je l'ai traité par l'homœopathie... et à l'heure qu'il est, elle adore le fils Duresnel! c'est moi qui les ai mis en présence... tu comprends, c'était une manière de me faire présenter ici par le petit; et me débarrasser de tous deux, l'un par l'autre... Qu'est-ce que tu dis de ça?

FRÉDÉRIC.

C'est fort ingénieux! (*A part.*) Gredin, va!

TIMOLÉON.

Et le plus amusant, c'est que nous avons persuadé à l'enfant que Rosalie est la vertu incarnée. Aussi, il *l'aime*!... comme on *aime* quand on *aime* pour la première fois!

FRÉDÉRIC.

Ah! ah! ah! c'est très drôle. (*A part.*) Quel chenapan!

TIMOLÉON.

Mais il ne faut pas qu'on nous surprenne ensemble; je me sauve, et je compte sur toi comme tu peux compter sur moi.

ENSEMBLE.

AIR : *Ah! jurons nous, etc.* (Darenda).

Adieu, mon cher, je vais tisser ma trame
Et préparer sourdement mon réseau,
Et, dans huit jours, je compte voir la dame
Dans mes filets, comme un oiseau.

FRÉDÉRIC.

Adieu, mon cher, va-t-en tisser la trame
Et préparer sourdement ton réseau,
Et, dans huit jours, tu pourras voir la dame
Dans tes filets, comme un oiseau.

SCÈNE VIII.

FRÉDÉRIC, seul.

Comment! monsieur Duresnel va être... et c'est un duel comme Timoléon qui perdrait à la fois et sa femme et son... Oh! ce serait trop fort et je m'y oppose!...

SCÈNE IX.

FRÉDÉRIC, VALENTINE.

VALENTINE, *entrant pâle et agitée.*

Ah! mon Dieu! (*Apercevant Frédéric.*) Quelqu'un!

EDOUARD.

Eh bien! mademoiselle?

VALENTINE.

Tu appelles ça de l'anglais, toi?

EDOUARD.

C'est... une traduction de Milton, un passage du paradis perdu.

VALENTINE, riant.

Ne serait-ce pas plutôt un fragment du paradis... trouvé?

EDOUARD.

Voyez-vous ces petites filles. (Il se lève.)

VALENTINE.

Tu as donc fini... ton travail?

EDOUARD.

Oui, mademoiselle; qu'est-ce que vous me vouliez?

VALENTINE.

Figure-toi que, depuis ce matin, je me creuse la tête à me demander pourquoi mon père a renvoyé ce bon monsieur Fauvel?

EDOUARD.

Mon précepteur? mais probablement pour la raison toute simple que j'ai dix-huit ans... que je suis un homme, et que je n'ai plus besoin de...

VALENTINE.

Un homme? toi? allons donc! tu n'as seulement pas de moustaches!

EDOUARD.

C'est ce qui vous trompe, mademoiselle, j'en ai, j'en ai même beaucoup.

VALENTINE.

Alors, il faut que tu sois bien dissimulé; car je ne m'en serais jamais douté.

EDOUARD.

Parbleu, je les coupe.

VALENTINE.

C'est pourtant joli, des moustaches.

EDOUARD.

C'est mal porté.

VALENTINE.

Ah! et les favoris?

EDOUARD.

Allons donc! on a l'air d'un anglais.

VALENTINE.

Et la barbiche?

EDOUARD.

D'un chasseur d'Afrique!

VALENTINE.

Et toute la barbe?

EDOUARD.

D'un rapin!... fi donc!

VALENTINE.

Je comprends! (A part.) Ils sont trop verts.

EDOUARD.

Tu dis?

VALENTINE.

Je dis, monsieur mon frère, que vous n'avez pas plus de barbe au physique qu'au moral; et, la preuve, c'est que mon père vous cherche en ce moment un autre précepteur.

EDOUARD.

Plaît-il?

VALENTINE.

Que dis-je, un précepteur?... un gouverneur, s'il-vous-plait!

EDOUARD.

Mais d'où sais-tu?

VALENTINE.

J'ai vu ça tout à l'heure dans un journal.

EDOUARD.

Dans un...

VALENTINE, allant au guéridon qui est à droite.

Vois plutôt. (Elle lui donne un journal.)

EDOUARD, lisant.

« Monsieur Vertbois, célibataire, demande une demoiselle « de compagnie blonde et bien proportionnée. » Ce n'est pas ça... Ah! (Lisant.) « On demande un gouverneur, s'adresser « chez monsieur Duresnel, 5 rue Lafitte... »

VALENTINE.

Eh bien, qu'en dis-tu?

EDOUARD.

Je dis que c'est... ridicule! Un gouverneur! ne dirait-on pas que j'ai douze ans... Oh! mais nous verrons... d'abord celui qui viendra n'a qu'à bien se tenir! il peut être certain que je lui rendrai la vie dure! Je lui couperai des brosses dans son lit!

VALENTINE.

Voyons, calme toi...

EDOUARD.

Me calmer? Je ne veux pas me calmer! Au fait, je vais trouver mon père... et je lui dirai tout net...

VALENTINE, l'arrêtant.

Pas maintenant, il a défendu sa porte.

EDOUARD.

Pourquoi ça?

VALENTINE.

Je n'en sais rien... Ce matin, il a reçu une lettre... de Bordeaux, je crois... en la lisant il a paru troublé, et s'est enfermé dans son cabinet.

EDOUARD.

Tiens!

JOSEPH, de la coulisse.

Oui, monsieur, sur-le-champ.

VALENTINE.

Chut! voici Joseph; nous allons peut-être savoir...
(Joseph entre de gauche.)

VALENTINE.

Joseph?

JOSEPH.

Mademoiselle?

VALENTINE, d'un air indifférent.

Mon père a sonné tantôt, qu'est-ce qu'il voulait?

JOSEPH.

Monsieur va partir pour Bordeaux; il m'a dit de faire sa malle et il est entré chez madame.

VALENTINE.

Ah! Viens-tu Edouard? (Elle remonte.)

EDOUARD.

Voilà, ma sœur! voilà. (Bas à Joseph.) Joseph, vous porterez cette lettre à son adresse... chut!

VALENTINE, du fond.

Eh bien?

EDOUARD.

Me voici.

ENSEMBLE.

AIR : Code des Femmes.
Bientôt, je l'espère,
Nous saurons, mon frère,
Quel est le secret
Que l'on nous cachait.

EDOUARD.

Bientôt, de mon père,
Nous saurons, j'espère,
Quel est le secret
Que l'on nous cachait.

SCÈNE II.

JOSEPH, puis FRÉDÉRIC.

JOSEPH, lisant l'adresse.

« A mademoiselle Rosalie d'Aiglemont, 24, rue Bréda... Si ce n'est pas la vingtième lettre que je lui porte depuis un mois...

FRÉDÉRIC, au fond examinant le salon avec un lorgnon.

Ah! c'est particulier!

JOSEPH.

Quelqu'un... Monsieur?

FRÉDÉRIC, le lorgnant.

M. Duresnel, s'il-vous-plait?

JOSEPH.

Il est occupé.

FRÉDÉRIC.

C'est bien, j'attendrai...

CHAQUE PIÈCE, 20 CENTIMES.
30.ᵉ LIVRAISON.

THÉÂTRE CONTEMPORAIN ILLUSTRÉ

MICHEL LÉVY FRÈRES, ÉDITEURS,
RUE VIVIENNE, 2 BIS.

ON DEMANDE UN GOUVERNEUR

COMÉDIE-VAUDEVILLE EN DEUX ACTES

PAR

MM. A. DECOURCELLE ET JAIME FILS

REPRÉSENTÉE POUR LA PREMIÈRE FOIS, A PARIS, SUR LE THÉÂTRE DU VAUDEVILLE, LE 12 AVRIL 1853.

DISTRIBUTION DE LA PIÈCE :

FRÉDÉRIC DE MARSAN, 28 ans . . . . . . MM. FECHTER.
BENJAMIN, 50 ans. . . . . DELANNOY.
DURESNEL, 40 ans. . . . . CHAMBÉRY.
ÉDOUARD, fils de Duresnel, 18 ans . . . . . . LAGRANGE.
TIMOLÉON, 30 ans. . . . . ALLIÉ.
JOSEPH. . . . . EUGÈNE R.

QUATRE DOMESTIQUES . . . . { BACHELET. / FERDINAND. / ZELGER. / LANGE.

VALENTINE, fille de Duresnel, 17 ans . . . . . Mᵐᵉˢ EUGÉNIE ST-MARC.
ESTELLE, femme de Duresnel, 25 ans . . . . . EMMA CHEVALIER.
ROSALIE. . . . . FANNY.

ACTE I.

Le théâtre représente un salon. — Porte d'entrée principale au fond. —
Portes latérales, tables, chaises, fauteuils à la dernière mode.

SCÈNE I.

EDOUARD, VALENTINE, puis JOSEPH.

(Edouard est à gauche devant un petit bureau, il écrit ; Valentine brode, assise à droite.)

VALENTINE.

Edouard... Edouard !

EDOUARD.

Mais laisse-moi tranquille.

VALENTINE.

Quest-ce que tu fais donc là ?

EDOUARD.

Je travaille.

VALENTINE.

A quoi ?

EDOUARD.

Je fais... un thème anglais.

VALENTINE.

Ah ! *(Après un temps, elle se lève doucement et va regarder par-dessus l'épaule de son frère, lisant.)* « Cher petit ange ! »

BENJAMIN, *lui donnant un papier.*

Voici votre épée.

FREDERIC, *lui donnant son billet.*

Et voici... votre bouclier. (*Ils mettent les papiers dans leur poche.*)

BENJAMIN, *poussant un grand cri de satisfaction.*

Ah !

FREDERIC, *de même.*

Ah ! Décidément, vous êtes un imbécile, monsieur Benjamin.

BENJAMIN.

Platt-il ?

FREDERIC.

Un imbécile !

BENJAMIN.

Comment ?

FREDERIC.

Vous verrez ça plus tard. (*Il sort par le fond à gauche.*)

BENJAMIN.

Un imb... Ah ! j'y suis ! j'aurais dû demander le double !... Je suis trop rond en affaire, moi... Enfin ! (*Il entre dans le bal, par le fond à gauche. En ce moment, Estelle entre en scène par la porte opposée au bras de Timoléon.*)

SCÈNE VII.

TIMOLEON, ESTELLE, puis FREDERIC.

TIMOLEON.

Il faut, à tout prix, que je vous parle sans témoins.

ESTELLE.

Il faut ?... qui donc, monsieur, vous a donné le droit de parler ainsi ?

TIMOLEON.

Pardon, je veux dire que je vous supplie de m'accorder...

ESTELLE.

J'y consens ; car j'ai aussi à vous parler, monsieur, au sujet d'une certaine lettre...

TIMOLEON.

Quoi ! vous avez daigné lire ? (*Frédéric paraît au fond, à gauche.*)

ESTELLE.

Oui monsieur, et j'ai des reproches à vous faire, mais je me dois d'abord à mes invités... Restez dans ce petit salon, je vous y rejoindrai bientôt.

FREDERIC, *à part.*

Un rendez-vous ! (*Il s'efface.*)

TIMOLEON.

Madame !... (*Il la reconduit jusqu'au fond et redescend. Frédéric feint d'entrer pour la première fois et fait à madame Duresnel un profond salut.*)

FREDERIC, *s'avance tranquillement vers Timoléon... Une lettre à la main. (A part.)*

A ton tour, toi ! (*Haut.*) Monsieur, c'est une lettre, qu'une dame...

TIMOLEON.

Une lettre ? (*Après avoir lu.*) Rosalie !

FREDERIC, *jouant l'étonnement.*

Ah ! c'est de...

TIMOLEON.

Que peut-elle me vouloir ?

FREDERIC.

Est-ce que je sais, moi ?

TIMOLEON.

Que... Vénus l'emporte !... Enfin, je cours chez elle et... Diable !... et madame Duresnel qui m'a dit de l'attendre ici. Je ne puis pourtant pas me couper en deux... Que faire ? une idée !... tu peux me sauver, toi !...

FREDERIC.

Moi ? comment ?...

TIMOLEON.

Rien de plus simple, va chez elle !

FREDERIC, *riant.*

J'y pensais.

TIMOLEON.

Tu la calmeras... tu lui feras prendre patience !...

FREDERIC.

Comment ?

TIMOLEON.

Est-ce que je sais, moi ! mène-là à Saint-Cloud, à Rouen, à l'Hypodrome !

FREDERIC.

A minuit ?

TIMOLEON.

Eh bien ! conduis-là chez Vachette et fais-lui boire du Champagne. Est-ce dit ?

FREDERIC.

C'est dit !

TIMOLEON, *lui serrant la main.*

Ce cher ami !

FREDERIC.

Voilà comme je suis, moi ! Ah ! nous allons bien rire !

TIMOLEON.

Merci !

FREDERIC.

Oh ! il n'y a pas de quoi, va ! (*Il sort en riant par la droite.*)

SCÈNE VIII.

TIMOLÉON, EDOUARD, puis ESTELLE.

TIMOLEON.

Maintenant, asseyons-nous et attendons tranquillement qu'il plaise à madame Duresnel...

EDOUARD, *à part.*

C'est lui !

TIMOLEON.

Ah ! c'est ce bon Edouard ! bonsoir, cher ami. (*Il lui tend la main ; Edouard se croise les bras derrière le dos.*) Qu'avez-vous donc ?

EDOUARD.

Moi, rien, monsieur !

TIMOLEON, *étonné.*

Hein ! vous m'appelez... monsieur... et vous me refusez votre main...

EDOUARD.

Je ne donne pas la main à des gens que je n'estime pas !

TIMOLEON.

Platt-il ?

EDOUARD.

Je sais tout, monsieur !

TIMOLEON.

Tout !... quoi ?

EDOUARD.

Je sais qu'on vous attend ce soir, rue Bréda.

TIMOLEON, *à part.*

Aïe !

EDOUARD.

Je sais que vous vous êtes conduit avec moi comme un faux ami, comme un fourbe !

TIMOLEON.

Monsieur !

EDOUARD.

Monsieur !

ESTELLE, *entrant.*

Qu'est-ce donc ?

TIMOLEON, *vite.*

Rien... presque rien... une plaisanterie bien innocente... qu'Edouard n'a pas prise du bon coté.

EDOUARD.

En effet, madame... c'était une plaisanterie bien innocente... (*Bas à Timoléon.*) A demain, monsieur ! (*Il salue respectueusement madame Duresnel et sort par le fond.*)

SCÈNE IX.

TIMOLÉON, ESTELLE, JOSEPH.

ESTELLE.

Me me direz-vous ce que cela signifie ?

TIMOLEON.

Je n'en sais rien, moi-même ! un enfantillage... mais c'est trop s'occuper d'une bagatelle... Vous avez daigné lire ma lettre ?

ESTELLE, *faisant la coquette.*

A mon grand regret, croyez-le bien !

TIMOLEON.

Comment ?

ESTELLE.

Sans doute, car je n'y ai pas trouvé un grain de raison !

TIMOLEON.

Dame ! il n'y avait que de l'amour !

ESTELLE.

Et puis... une insistance !...

TIMOLEON.

Bien pardonnable à un cœur vraiment épris !

ESTELLE.

Vraiment épris ? c'est justement là la question.

TIMOLEON.

Vous en doutez ?

ESTELLE.

Un peu.

TIMOLEON.

Madame, je vous jure que vous êtes la seule femme au monde pour qui j'aie ressenti véritablement...

JOSEPH, *entrant du fond à gauche.*

Une dame demande monsieur Timoléon dans l'antichambre.

ESTELLE.

Une dame ?

TIMOLEON.

Moi ? vous vous trompez sans doute, mon ami ?

JOSEPH.

Non monsieur.,. on m'a bien dit monsieur Timoléon d'Auberval !

TIMOLEON.

Mais c'est impossible !

ESTELLE.

Cette dame a-t-elle dit son nom ?

JOSEPH.

Oui, madame, elle se nomme mademoiselle Rosalie d'Aiglemont.

TIMOLEON, *à part.*

Rosalie !..,

ESTELLE.

Vous êtes troublé, monsieur !

TIMOLEON.

Moi ?... nullement... (*Se remettant.*) l'étonnement, la surprise... Joseph, dites à cette dame que je ne sais ce qu'elle peut me vouloir et que je ne la connais pas.

JOSEPH.

Bien, monsieur.

TIMOLEON, *bas à Joseph.*

Dites-lui que je serai chez elle dans une heure. (*Il lui glisse un louis dans la main, Joseph sort.*)

ESTELLE.

Voilà qui est étrange !

TIMOLEON.

C'est sans doute quelque méprise... ou plutôt quelque mauvais tour qu'un rival aura voulu me jouer, pour me perdre dans votre esprit... car j'ai beaucoup de rivaux, madame, (*Avec galanterie.*) et il serait impossible qu'il en fût autrement... Il y a en vous tant de charmes, tant de grâces que...

JOSEPH, *revenant.*

Madame ?

ESTELLE.

Qu'est-ce encore ?

JOSEPH.

Cette dame m'a dit : « Puisqu'il en est ainsi, je vous prie de dire à madame Duresnel qu'il faut que je lui parle à l'instant. »

ESTELLE.

Une pareille insistance... (*Remontant.*) Allons..,

TIMOLEON, *vivement.*

Y pensez-vous ! vous commettre avec une pareille femme ? une intrigante, une aventurière !...

ESTELLE, *avec défiance.*

Vous la connaissez donc ?

TIMOLÉON.

Nullement... mais...

ESTELLE.

Eh bien ! moi, je veux la connaître...

TIMOLEON.

Mais songez-donc...

ESTELLE, *avec autorité.*

Je le veux ! (*Elle sort par le fond à gauche.*

SCÈNE X.

TIMOLÉON, JOSEPH, puis FRÉDÉRIC.

TIMOLEON.

Si je sais comment me tirer de là !...

JOSEPH.

Monsieur a l'air contrarié.

TIMOLEON.

Tout cela est de ta faute, animal !

JOSEPH.

Oh ! monsieur !...

TIMOLEON.

Tu n'as donc compris pourquoi je te donnais un louis ?

JOSEPH.

Si, monsieur, mais cette dame m'en a donné deux. (*Il sort.*)

TIMOLEON.

Ah ! vous me le paierez... Rosalie ! Mais il est peut-être encore temps d'arrêter. (*Il fait un pas pour sortir. — Frédéric paraît au fond.*)

FREDERIC.

Tu nous quittes déjà, cher ami.

TIMOLEON.

Ah ! c'est toi ! Tu n'as donc pas vu Rosalie ?

FREDERIC.

Si fait !...

TIMOLEON.

Et tu ne l'as pas empêchée...

FREDERIC.

De venir ici ?... c'est moi qui l'ai amenée.

TIMOLEON.

Plaît-il ?

FREDERIC.

Je dis que c'est moi qui...

TIMOLEON, *fronçant le sourcil.*

Mais... je ne comprends pas...

FREDERIC.

C'est pourtant bien simple : tu faisais la cour à madame Duresnel ; or, comme son mari m'a confié sa maison et son honneur, j'ai dû éclairer madame Duresnel sur le compte de son chevalier... et comme Rosalie me semblait réunir toutes les conditions possibles... d'éclairage, j'ai pris Rosalie pour lampe et je l'ai allumée. Et tiens, regarde comme elle s'acquitte de son emploi. (*Il remonte et désigne du geste la coulisse de gauche.*) Après quelques mots de biographie bien sentis, voilà qu'elle donne les preuves à l'appui. Tu vois ?... c'est, je crois, cette fameuse promesse de mariage...

TIMOLEON.

Ma promesse de !...

FREDERIC.

Décidément, je te crois flambé, mon bon !

TIMOLEON.

Je suis de votre avis, monsieur, mais vous n'avez pas cru, j'imagine, que je laisserai tant d'audace impunie.

FREDERIC.

Moi ? je n'ai rien cru du tout !

TIMOLEON.

Alors, vous êtes prêt à me donner...

FREDERIC.

Autant de coups d'épée que vous en pouvez souhaiter.

TIMOLEON.

Eh bien ! nous nous reverrons... après-demain.

FREDERIC.

Pourquoi pas demain ?

TIMOLEON.

Demain, j'ai une autre affaire.

FREDERIC.

Avec qui, s'il vous plaît ?

FRÉDÉRIC.

Qu'avez-vous donc, mademoiselle ?

VALENTINE.

Moi, rien, monsieur, rien.

FRÉDÉRIC.

Pardon, vous êtes pâle et tremblante; qui a pu causer? C'est juste, vous ne me connaissez pas, et je vous parais indiscret. (*Saluant.*) Frédéric de Marsan, le futur gouverneur de... (*A part.*) dix-sept ans, une taille de roseau, c'est elle... (*Haut.*) de monsieur votre frère.

VALENTINE.

Vous, monsieur ?

FRÉDÉRIC.

Cela vous étonne.

VALENTINE.

Dame ! je croyais que tous les gouverneurs étaient vieux laids et ridicules, moi.

FRÉDÉRIC, *riant.*

Pourquoi cela ?

VALENTINE.

C'est que monsieur Fauvel, l'ancien précepteur de mon frère, était... tout cela, et que vous, au contraire... (*A part.*) Quest-ce que je dis donc là ? (*Haut.*) Pardon, monsieur, je voulais dire que vous n'aviez pas l'air de... quoiqu'il n'y ait pas d'affront à être... surtout quand... on est...

FRÉDÉRIC, *riant à part.*

Elle est charmante. (*Haut.*) Remettez-vous, mademoiselle; et maintenant que vous savez que je suis presque de la famille, si vous voulez me dire la cause de votre émotion ?...

VALENTINE.

Mon Dieu, monsieur, je me suis alarmée à tort, sans doute; mais, en passant devant le cabinet de mon père, je l'ai entendu qui parlait très haut et semblait irrité... monsieur Benjamin n'a pourtant pas l'air d'un méchant homme.

FRÉDÉRIC.

Monsieur Benjamin !

VALENTINE.

Vous le connaissez ?

FRÉDÉRIC.

Je connais un homme de ce nom, un grand sec, cinquante ans environ, l'air patelin, la voix douce et mielleuse.

VALENTINE.

C'est bien lui.

FRÉDÉRIC.

Et c'est monsieur Benjamin qui est en ce moment avec votre père ?

VALENTINE.

Oui, monsieur.

FRÉDÉRIC.

Est-ce qu'il vient souvent ici?

VALENTINE.

A peu près tous les mois... ce n'est pas une mauvaise tête, n'est-ce pas ?

FRÉDÉRIC.

Oh ! ne craignez rien ! il est incapable de chercher querelle à qui que ce soit.

VALENTINE.

Ah ! vous me rassurez complètement; mais pardon, monsieur, je vais retrouver ma belle-mère. (*A part en sortant.*) Il est très-bien. (*Haut et saluant.*) Monsieur !... (*A part.*) Très-bien. (*Elle sort.*)

SCÈNE X.

FRÉDÉRIC, puis BENJAMIN.

FRÉDÉRIC.

Benjamin ici ?... Benjamin l'usurier ! qu'est-ce que cela veut dire ? (*Regardant autour de lui.*) Personne ! oh je veux savoir à tout prix. (*Il s'approche de la porte de droite, deuxième plan et écoute; un temps.*) C'est monsieur Duresnel qui parle. « Vous « êtes un lâche et un infâme !... » Parbleu ! qu'est-ce que le Benjamin va répondre ? parle donc plus haut, animal ! Ah !... « En dehors de la pension que vous me payez tous les mois, « il me faut 3,000 francs à l'instant, ou sinon... » Je n'entends plus. (*Il redescend.*) Une pension, qu'on lui paie tous les mois ?... il doit y avoir quelque infamie là-dessous.

SCÈNE XI.

FRÉDÉRIC, BENJAMIN.

BENJAMIN, *à la cantonnade.*

Merci, mon cher monsieur Duresnel, merci, au plaisir de vous revoir.

FRÉDÉRIC, *à part.*

Il paraît que monsieur Duresnel a payé.

BENJAMIN, *entrant de droite et serrant le portefeuille; à part.*

J'ai eu bien du mal à le faire chanter aujourd'hui, il n'était pas en voix; mais, avec une bonne méthode...

FRÉDÉRIC, *lui frappant sur l'épaule.*

Bonjour, papa Benjamin.

BENJAMIN.

Hein ? monsieur de Marsan.

FRÉDÉRIC.

Qui vous souhaite une bonne année.

BENJAMIN.

Vous connaissez donc monsieur Duresnel ?

FRÉDÉRIC.

Pas mal et vous?

BENJAMIN.

Moi, je le connais depuis dix ans.

FRÉDÉRIC.

Oh ! la ! la !... et les affaires, comment vont-elles ?

BENJAMIN.

Mal, mon cher ami, très mal... le crédit est ébranlé et les honnêtes gens en souffrent.

FRÉDÉRIC.

C'est pour ça que vous vous portez si bien.

BENJAMIN.

Plaisant ! Mais, à propos, je suis bien aise de vous rencontrer, mon cher Frédéric.

FRÉDÉRIC.

Vraiment ?

BENJAMIN.

Vous savez que vous me redevez encore mille écus ?

FRÉDÉRIC.

C'est bien, c'est bien; nous recauserons de ça, une autre fois.

BENJAMIN.

Quand ?

FRÉDÉRIC.

Dans un mois.

BENJAMIN.

Où ? car on ne sait jamais...

FRÉDÉRIC.

Eh bien ! dans cette maison, le jour où vous viendrez toucher... votre pension.

BENJAMIN.

Hein ? vous savez.

FRÉDÉRIC.

Au revoir, monsieur Benjamin, au revoir.

BENJAMIN.

Expliquez-moi, au moins...

FRÉDÉRIC.

Est-il curieux donc !

BENJAMIN.

Allons, quand vous voudrez. (*A part.*) Le diable m'emporte si j'y comprends un mot. (*Il sort.*)

SCÈNE XII.

FRÉDÉRIC, puis DURESNEL.

FRÉDÉRIC.

Ah ! mons Benjamin, vous faites chanter M. Duresnel ? mais je suis là, maître fripon, et je saurai bien... Ah ça, je reste donc, moi? Au fait, pourquoi pas ?... ça serait drôle; et puis, je n'ai rien de mieux à faire... Allons toujours !

DURESNEL.

Eh bien ! monsieur, avez-vous réfléchi ?

FRÉDÉRIC.

Ma foi, monsieur, j'avoue que je me sens fort disposé...

DURESNEL, *sonnant.*

Très bien... Je vous ai dit, monsieur, que j'allais m'éloigner pour longtemps peut-être ; en mon absence, vous serez le chef de la famille ; je vous donne carte blanche.

FRÉDÉRIC.

Mais, monsieur...

DURESNEL, *à Joseph qui entre.*

Dites à madame Duresnel, à mon fils et à ma fille que je les prie de se rendre ici. (*Joseph sort*).

FRÉDÉRIC.

Permettez, je...

DURESNEL.

Nous ne parlerons pas d'appointements; vous n'êtes pas un homme qu'on paie ; vous êtes un ami à qui je confie les clés de ma caisse et l'honneur de ma maison.

FRÉDÉRIC, *ému.*

Oh! monsieur, tant de confiance en moi! je ne puis vous dire... Voyez-vous, moi, ce qui m'a toujours manqué, c'est l'impôt d'un grand devoir, c'est ce noble fardeau que vous venez de m'offrir. Jusqu'à vingt ans, mon père m'a traité comme un enfant et ne m'a enseigné que le respect... A cet âge, je croyais qu'il allait faire de moi son ami... Il m'a traité comme un commis, comme un valet! Il m'a donné des appointements... Aussi, j'ai fait des dettes... Plus tard, il est parti pour le Brésil, et il a confié à un intendant le soin de sa fortune... Aussi j'ai pillé la maison, d'accord avec monsieur l'intendant. Mais aujourd'hui qu'on fait appel à ma loyauté, à mon intelligence!... oh! aujourd'hui, tenez, je sens que je suis un homme... et un honnête homme... (*Avec une émotion comique.*) Je vous en donne mon billet.

DURESNEL.

Bien, monsieur, je vois que je ne m'étais pas trompé.

SCÈNE XIII.

LES MÊMES, ESTELLE, EDOUARD, VALENTINE, JOSEPH.

(*Ils entrent par la porte de gauche suivis de Joseph.*)

ESTELLE, *à Duresnel.*

Vous nous avez demandés, monsieur ?

DURESNEL.

Madame, mes enfants, je vous présente monsieur Frédéric de Marsan ; il consent à être le gouverneur de mon fils...

FRÉDÉRIC.

Pardon, je n'ai pas dit.

DURESNEL, *l'arrêtant du geste, et continuant.*

Et à devenir en mon absence le chef de la maison.

ESTELLE.

Monsieur, il me semble étrange que vous choisissiez une autre personne que moi pour...

DURESNEL.

Madame, si vous pouviez faire l'éducation d'un jeune homme de dix-huit ans ; vous occuper de chiffres, de contentieux...

ESTELLE.

Vous pouviez confier à votre avoué le soin de vos intérêts.

DURESNEL, *bas.*

Soit ! mais ce n'est pas l'affaire de mon avoué de vous défendre et de vous protéger.

ESTELLE.

Moi, monsieur? je n'ai que faire d'un défenseur.

DURESNEL, *très bas.*

Je le désire pour vous ; mais, si, un jour, monsieur... Timoléon se méprenait sur les sentiments... de bonne amitié, que vous avez pour lui, vous trouveriez dans monsieur de Marsan un homme sur l'appui duquel vous pourriez compter.

ESTELLE, *à part.*

Que dit-il?

DURESNEL.

Vous avez entendu, Joseph? vous obéirez à Monsieur comme à moi-même... vous ferez connaître mes ordres à l'office, allez. (*Joseph sort. — A Frédéric.*) Monsieur de Marsan, j'ai besoin d'être seul avec ma femme et ma fille, je vous laisse avec votre élève. (*Mouvement de Frédéric.*) Je vous reverrai avant de partir.

EDOUARD, *à part.*

Comme ça va être gai.

VALENTINE, *bas à Estelle.*

Il est très bien, n'est-ce pas.

ESTELLE.

C'est possible... mais il me déplait...

ENSEMBLE. — (PIANO).

Air de la Syrène.

ESTELLE.

D'un soupçon qui m'offense,
Je dois à la prudence,
De cacher dans mon cœur
La honte et la douleur.

EDOUARD.

D'un ordre qui m'offense,
Je dois à la prudence,
De cacher dans mon cœur
La trop juste fureur.

VALENTINE.

Mon père, je le pense,
Agit avec prudence,
Un jeune gouverneur
Gagne mieux notre cœur.

DURESNEL, *à Frédéric.*

En votre vigilance,
Monsieur, j'ai confiance,
Je livre mon bonheur
Aux soins de votre bonheur.

FRÉDÉRIC.

Comptez sur ma prudence
Et sur ma vigilance,
Et croyez à l'honneur
De votre gouverneur.

(*Estelle et Valentine sortent, Duresnel les suit après avoir serré la main à Frédéric.*)

SCÈNE XIV.

FRÉDÉRIC, EDOUARD, puis JOSEPH.

FRÉDÉRIC, *à part.*

Beau garçon ! l'œil fier, la figure ouverte; on en ferait quelque chose.

EDOUARD, *à part.*

Il a un air cassant qui ne me revient pas du tout. (*Il va prendre sur la table de gauche cinq ou six volumes qu'il met sous son bras.*)

FRÉDÉRIC.

Asseyez-vous, jeune homme.

EDOUARD, *très-froid et à part.*

Je m'assierai si je veux. (*Haut.*) Sur quoi monsieur veut-il m'interroger? sur le latin ? voici Virgile... sur le grec? voici Homère ; sur...

FRÉDÉRIC.

Posez donc tout cela... jeune homme, lequel aimez-vous le mieux du vin de Champagne ou du vin de Bordeaux?

EDOUARD.

Plaît-il?

FRÉDÉRIC.

Je vous demande lequel vous aimiez le mieux du vin de Champagne ou du...

EDOUARD.

Mais, monsieur,

FRÉDÉRIC.

Vous ne voulez pas me répondre?

EDOUARD.

Ma foi, monsieur, j'aime mieux le vin de Champagne!

FRÉDÉRIC, *gaiment.*

J'en étais sûr... A cet âge là, ils sont tous les mêmes... tous les mêmes!... mais, mon ami, vous ne savez donc pas que le champagne est énervant, stupéfiant et antidigeste ?.. tandis que le bordeaux est stomachique et tonique au premier chef? donc si vous m'en croyez, vous boirez du bordeaux tant que vous en pourrez tenir ; mais du champagne, jamais!

EDOUARD.

Ah ça! monsieur...

FRÉDÉRIC.

Ah ça! mon cher, est-ce que je vous ferais l'effet d'un cuis

tre ou d'un pédant, par hasard? C'est qu'alors vous ne me connaissez pas ; et c'est fâcheux pour vous. Mais nous aurons bientôt fait connaissance, je vous en réponds. (*Appelant.*) Joseph !

JOSEPH, *entrant aussitôt.*

Monsieur ?

FRÉDÉRIC.

Vous écoutez donc aux portes, M. Joseph ?

JOSEPH.

Ah ! monsieur !

FRÉDÉRIC.

Diable ! vous entendez bien le service... Des grogs !

JOSEPH, *étonné.*

Monsieur ?

FRÉDÉRIC.

M. Joseph, je n'aime pas à répéter les choses... des grogs !

JOSEPH.

Bien, monsieur... (*A part, en sortant.*) Quel drôle de gouverneur.

FRÉDÉRIC, *offrant un cigare.*

Fumez-vous ?

EDOUARD.

Oui, mais papa ne le sait pas.

FRÉDÉRIC.

Oh ! je n'aime pas ça, moi ; ou on ne fume pas, ou l'on dit
à papa : Je fume !... mais se cacher de lui ! fi donc ! c'est mal !
— Tenez, voilà un cigare qui est sec comme un maître d'étude.

EDOUARD, *à part.*

Je crois que je m'y ferai. (*Ils allument leurs cigares. — Joseph apporte un plateau.*)

JOSEPH, *au fond.*

Oh ! ces messieurs qui fument !

FRÉDÉRIC.

Posez ça là... Allez.

JOSEPH.

Oui, monsieur. (*A part.*) Quel drôle de gouverneur ! (*Il sort.*)

FRÉDÉRIC.

Maintenant, jeune homme, causons un peu.

EDOUARD.

Causons, monsieur mon gouverneur.

FRÉDÉRIC.

Qand on est destiné à vivre ensemble , il est bon de se connaître... Je vais vous dire en deux mots à qui vous aurez affaire :
A un homme qui se sent très disposé à vous aimer, comme un
frère cadet ; bon garçon, si vous êtes franc avec lui ; insuppor-
table si vous voulez jouer au plus fin ; choisissez !

EDOUARD.

Mais je choisis... le bon garçon.

FRÉDÉRIC.

Très-bien ! touchez là, à votre santé !

EDOUARD, *après avoir bu, toussant.*

Ah ! que c'est fort !...

FRÉDÉRIC, *après avoir bu.*

Il n'y a pas assez de rhum, là dedans. (*Il prend le carafon et
se verse.*) Quel âge avez-vous ?

EDOUARD.

Dix-huit ans !

FRÉDÉRIC.

Quels sont vos amis ? Combien en avez-vous ?

EDOUARD.

J'en ai douze.

FRÉDÉRIC.

Je parle des intimes.

EDOUARD.

J'en ai deux.

FRÉDÉRIC.

Diable ! comme vous y allez ! moi qui vous parle, j'ai dix ans
de plus que vous et je n'ai jamais pu en rencontrer un seul.

EDOUARD,

C'est possible ; pourtant je vous assure...

FRÉDÉRIC,

Oui, vous êtes privilégié... quels sont vos amis ?

EDOUARD.

L'un est le comte de Lucienne : il a vingt-cinq ans et soixante

mille livres de rente. C'est un charmant garçon; et sur lequel
je puis compter.

FRÉDÉRIC.

Pardon ; combien votre père vous donne-il pour vos menus
plaisirs ?

EDOUARD.

Papa, il me donne deux cents francs par mois.

FRÉDÉRIC.

Deux cents francs par mois ? et vous avez pour ami un garçon
qui a soixante mille livres de rentes ? voilà une amitié impossible.

EDOUARD.

Comment ?

FRÉDÉRIC.

Sans doute... ou vous partagez ses plaisirs ou vous ne les
partagez pas? si vous les partagez, le comte paie pour vous, et
c'est humiliant ; ou vous faites des dettes, et c'est dangereux.
Si vous ne les partagez pas, vous enviez son sort, malgré vous ;
et, de l'envie à la haine il n'y a qu'un pas... voilà donc un ami
qu'il faudra réformer... passons au second.

EDOUARD.

Oh, quant au second ! c'est un nommé Timoléon d'Auberval.

FRÉDÉRIC.

Je le connais ; et celui là, c'est le contraire du premier, il
est par trop râpé...

EDOUARD.

Eh bien ?...

FRÉDÉRIC.

Eh bien ! c'est votre position en face du comte renversé ; il
vous doit de l'argent, n'est-ce pas ?

EDOUARD.

En effet, mais...

FRÉDÉRIC.

J'en étais sûr... passons aux femmes.

EDOUARD.

Aux femmes?

FRÉDÉRIC.

Eh ! oui ; car il est bien clair qu'un joli garçon comme vous
a bien deux ou trois maîtresses ?

EDOUARD.

Mais non, monsieur, je n'en ai qu'une !

FRÉDÉRIC, *à part.*

Allons donc !

EDOUARD.

Une seule, que j'aime, que j'adore !

FRÉDÉRIC.

A votre santé... elle se nomme ?

EDOUARD.

Vous me jurez le secret?

FRÉDÉRIC.

Parbleu !

EDOUARD, *approchant sa chaise de celle de Frédéric.*

Elle se nomme Rosalie d'Aiglemont.

FRÉDÉRIC.

Ah !

EDOUARD.

Vous la connaissez ?

FRÉDÉRIC, *toussant bruyamment.*

Hum ! non !

EDOUARD.

Alors, vous ne connaissez pas la plus jolie femme de Paris !
et bonne ! et gracieuse ! et sage, au moins !

FRÉDÉRIC.

Ah ! à votre santé.

EDOUARD.

C'est Timoléon qui m'a présenté chez elle ; elle m'a résisté...
longtemps ; mais enfin, au bout de quinze jours, elle m'a avoué
qu'elle m'aimait ; moi, je lui ai juré de l'épouser ; et, en attendant, je suis le plus heureux des hommes.

FRÉDÉRIC.

Parfait ! et, elle est riche, cette dame ?

EDOUARD.

Je le crois... car elle est toujours mise avec une élégance...
et elle a des chevaux magnifiques.

FRÉDÉRIC.

D'où lui vient sa fortune ?

EDOUARD.

Je n'en sais rien, moi.

FRÉDÉRIC.

Et vous allez avec elle au bois, au spectacle ?

EDOUARD.

Le plus souvent possible. Je suis si heureux de voir tout le monde l'admirer et m'envier mon bonheur.

FRÉDÉRIC.

Oui, je comprends ça; c'est fort touchant; mais il y a une chose à laquelle vous ne pensez pas; c'est que le monde est méchant; il s'inquiète d'où vient toute richesse; et, s'il n'en trouve pas sur-le-champ la source, il dit : femme entretenue. Il va plus loin; en vous voyant dans la loge, dans la voiture, on dit : C'est monsieur qui paie. — Il n'a pas le sou. — Ah ! c'est l'amant de cœur !

EDOUARD.

Mais c'est affreux, ça.

FRÉDÉRIC.

Ce n'est pas très agréable; mais quand on a sa conscience pour soi...

EDOUARD, avec force.

Ce n'est pas assez, monsieur !

FRÉDÉRIC, à part.

Allons donc !

JOSEPH, entrant.

Monsieur va monter en voiture; et il demande son fils.

EDOUARD.

Je cours l'embrasser. — A bientôt, mon ami ! (Il sort en courant.)

FRÉDÉRIC.

Non pas ! je vais avec vous.

JOSEPH.

Monsieur m'a chargé de vous remettre ceci. (Il lui donne une lettre et sort.)

SCÈNE XV.

FRÉDÉRIC.

C'est sans doute le motif de son étrange conduite envers moi. (Il ouvre la lettre.) L'écriture de mon père ! (Lisant.) « Mon « vieil ami. » Son ami ! « Je suis bien vieux, bien faible; et « comme chaque pas que je fais maintenant est un grand pas « vers la tombe, je veux te voir et t'embrasser une dernière « fois... J'ai un fils, tu le sais, (courbant la tête.) qui a fait le « malheur de ma vie. Je veux te supplier de veiller sur l'en- « fant prodigue, de lui tendre la main; si toutefois son honneur « n'a pas sombré déjà dans l'abîme où se sont englouties sa « fortune et sa tendresse filiale; viens donc bientôt, si tu n'as « pas oublié le compagnon de ta jeunesse, HORACE DE MARSAN. » (Un temps.) Oh ! je comprends, maintenant. (Relevant la tête.) Décidément, je reste !

(On entend le bruit d'une voiture qui s'éloigne.)

Fin du premier Acte.

Acte II.

SIX SEMAINES APRÈS.

Un salon chez M. Duresnel. — Au fond, cheminée avec une glace sans tain, qui laisse voir un autre salon. — De chaque côté de la chemi- née porte d'entrée avec portières; portes latérales. Le salon est dis- posé pour un bal. — A droite, l'appartement de Frédéric.

SCÈNE Irᵉ.

JOSEPH, PLUSIEURS DOMESTIQUES.

JOSEPH, debout devant la cheminée, se chauffant les pieds et s'a- dressant aux domestiques qui sont dans le salon.

Allons donc, vous autres, allons donc !

PREMIER DOMESTIQUE, entrant.

Les bougies sont allumées. (Il s'assied à droite.)

DEUXIÈME DOMESTIQUE, entrant.

Les banquettes sont posées. (Il s'assied à gauche.)

TROISIÈME DOMESTIQUE, entrant.

Les tapis sont levés. (Il s'assied à droite.)

QUATRIÈME DOMESTIQUE, entrant.

Les tentures sont disposées. (Il s'assied à gauche.)

TOUS, ensemble.

Ouf !

JOSEPH.

Eh ! bien ! nous donne-t-il assez de mal depuis six semaines ce maudit gouverneur ! Dimanche, c'était un déjeuner de gar- çons ! — Lundi, un grand dîner ! — Mardi, un raout; — Mer- credi, un punch; — Jeudi, un souper; — Vendredi, une saute- rie; — enfin, il ne lui restait plus à donner qu'un bal masqué et il n'y a pas manqué ! Tout ça, sous prétexte de former son élève; je crois qu'il déforme l'enfant, moi ! (Les domestiques rient.) Et comme il nous parle !... Comme il nous fait marcher ! Ça fait suer, ma parole d'honneur !... — Car, enfin, on le paie comme nous !... C'est un domestique comme nous !...

TOUS.

C'est évident !

JOSEPH.

Je finirai par lui dire son fait, moi !

TOUS.

Moi aussi... moi aussi !...

JOSEPH.

Il ne faut pas qu'il se figure que j'ai peur de lui !...

PREMIER DOMESTIQUE.

Chut ! je l'entends ! (Tous les domestiques se lèvent, Joseph quitte la cheminée. — Frédéric sort de son appartement. — donne le bras à une dame hermétiquement voilée; il se dirige avec elle vers la porte du fond à gauche.)

FRÉDÉRIC, en remontant.

Croyez-moi, Rosalie, dans un an, Édouard vous bénira.

ROSALIE.

J'y compte bien. — Adieu, Frédéric.

FRÉDÉRIC.

Encore un mot !... Si Timoléon n'est pas chez vous à minuit, vous savez de quoi nous sommes convenus ?

ROSALIE.

Je le sais, adieu ! (Elle sort par le fond.)

FRÉDÉRIC, la suivant des yeux.

Bonne fille ! (Il redescend.)

SCÈNE II.

LES MÊMES, FRÉDÉRIC.

FRÉDÉRIC.

Joseph !

JOSEPH.

Monsieur ?

FRÉDÉRIC.

Tout est prêt ?

JOSEPH.

Oui, monsieur... (Fausse sortie.)

FRÉDÉRIC.

Les glaces sont commandées ?

JOSEPH.

Chez Blanche. (Même jeu.)

FRÉDÉRIC.

Joseph !

JOSEPH.

Monsieur ?

FRÉDÉRIC.

Vous avez porté vous-même l'invitation de M. Benjamin ?

JOSEPH.

Oui, monsieur. (Même jeu.)

FRÉDÉRIC.

Joseph !

JOSEPH, avec humeur.

Monsieur ?

FRÉDÉRIC.

Hein ?... C'est donc comme cela qu'on répond ?

JOSEPH.

Mais, monsieur...

FRÉDÉRIC.

Le sourire aux lèvres, M. Joseph.

JOSEPH.

Mais...

FRÉDÉRIC.

Et la bouche en cœur? Allons, vite... là! maintenant, sortez!

JOSEPH, *à part.*

Ah! si je ne connaissais pas sa poigne.

FRÉDÉRIC.

Hein?

JOSEPH.

Je sors, Monsieur, je sors!... (*Aux autres domestiques.*) Allez donc, vous autres!... (*Il sort avec les domestiques.*)

SCÈNE III.

FRÉDÉRIC, puis ÉDOUARD.

FRÉDÉRIC.

Allons! tout va bien! — M. Duresnel sera de retour dans quelques heures, et demain, je l'espère, je n'aurai plus que faire ici... Partir!... quitter Valentine!... Douce et charmante enfant!... (*Il reste un moment pensif; se remettant.*) Hein? qu'est-ce que c'est?... Dieu me damne!.. On dirait que vous vous oubliez, M. de Marsan. (*Edouard paraît au fond.*) Mon élève est à nous deux!

EDOUARD, *à lui-même.*

Mais non... c'est impossible!...

FRÉDÉRIC.

Qu'est-ce donc?

EDOUARD.

Rien; une erreur, sans doute; des fenêtres de ma chambre, j'ai vu passer dans la cour une femme qui ressemblait tellement à Rosalie...

FRÉDÉRIC.

Je le crois bien, c'était elle.

EDOUARD.

Elle, ici, chez mon père!

FRÉDÉRIC.

Non, chez moi.

EDOUARD.

Comment? vous la connaissez-donc?

FRÉDÉRIC.

Parbleu!

EDOUARD.

Mais.... quand je vous en ai parlé.... vous avez paru ignorer son nom?

FRÉDÉRIC.

C'est qu'elle en avait changé.

EDOUARD.

Vous dites?...

FRÉDÉRIC.

Je dis qu'il y a un an, elle s'appelait Félicie Dumont.

EDOUARD.

Oh! c'est impossible!... mais, d'abord, que venait-elle faire ici?

FRÉDÉRIC.

Elle venait me charger d'une petite commission.

EDOUARD.

Pour moi?

FRÉDÉRIC.

Est-il étonnant, donc! il se figure qu'on ne s'occupe que de lui.

EDOUARD.

Voyons, Frédéric, ne me faites pas souffrir ainsi : dites-moi tout ce que vous savez...

FRÉDÉRIC.

Sur Rosalie? La soirée n'y suffirait pas, mon pauvre ami.

EDOUARD.

Mais elle me trompe donc?... Elle ne m'aime donc pas?...

FRÉDÉRIC.

Pardon! elle vous aime, et ce n'est pas vous qu'elle trompe... puisque vous êtes le dernier en date, ce sont les autres.

EDOUARD.

Frédéric, quand on dit de pareilles choses, on doit les prouver!

FRÉDÉRIC.

Oh! ce n'est pas difficile!

ÉDOUARD.

Eh! bien, je veux, j'exige à l'instant la preuve de...

FRÉDÉRIC.

Et si je vous la donne, me jurez-vous de ne jamais la revoir?

ÉDOUARD.

Jamais! je vous le jure.

FRÉDÉRIC.

Et vous épouserez votre cousine?

ÉDOUARD.

Jamais! c'est-à-dire tout de suite!

FRÉDÉRIC, *lui donnant la lettre ouverte.*

Eh bien, lisez.

ÉDOUARD, *prenant vivement la lettre.*

« Le petit Duresnel est de corvée ce soir, il y a bal au logis; « et, comme je n'aime pas la solitude, je vous attendrai chez « moi de onze heures à minuit. — Signé, Rosalie! » — Et sur l'adresse, à M. Timoléon!... Timoléon! mon meilleur ami! lui qui!... oh! c'est infâme!...

FRÉDÉRIC.

Voyons, mon enfant... ayez un peu de raison, Timoléon est un mauvais drôle, je vous l'ai déjà dit. Quant à Rosalie, ce n'est pas sa faute si vous l'avez entourée d'une auréole à laquelle elle n'a jamais eu de prétentions.

ÉDOUARD.

Vous avez ma parole, Frédéric, je ne reverrai jamais cette femme, et... j'épouserai ma cousine... si mon père l'exige; mais je ne vous ai rien promis au sujet de Timoléon, et il paiera pour tous deux. (*Il sort en courant par le fond à gauche.*)

SCÈNE IV.

FRÉDÉRIC, puis VALENTINE.

FRÉDÉRIC, *remontant.*

Edouard... Ed... au fait, j'aime autant que sa douleur s'exhale en colère qu'en regrets; ça dure moins longtemps. Il ne peut se battre avant demain. Ainsi, j'ai du temps devant moi. Benjamin tarde bien.

(*Valentine entre doucement par la gauche; elle est en toilette de bal.*)

VALENTINE.

Il est seul... tant mieux!

FRÉDÉRIC, *l'apercevant, à part.*

Valentine!... est-elle jolie ainsi!

VALENTINE.

Bonsoir, monsieur Frédéric.

FRÉDÉRIC, *à part.*

Allons, gouverneur... à ton rôle. (*Haut.*) Déjà prête?

VALENTINE.

Oui... je...

FRÉDÉRIC.

Oh! je comprends; un jour de bal, les petites filles voudraient s'habiller à cinq heures du matin.

VALENTINE.

Les petites filles! mais je vais avoir dix-sept ans, monsieur!

FRÉDÉRIC.

Vraiment! on disait l'autre jour chez madame de Blangy... que vous paraissiez treize ans à peine, — cela doit vous flatter.

VALENTINE.

Mais non!... est-ce que vous trouvez que j'ai l'air d'avoir treize ans, vous?

FRÉDÉRIC.

Moi?... non pas; j'ai parié pour quatorze... j'aurai perdu.

VALENTINE.

C'est comme ça? eh bien, je m'en vais...

FRÉDÉRIC, *vite.*

Oh! non! (*Froidement.*) Vous vouliez me parler?

VALENTINE.

Oui, monsieur, je voulais vous consulter le premier sur ma toilette; mais...

FRÉDÉRIC.

Votre toilette?... elle n'est pas mal... pourtant cette robe blanche relevée par des bouquets de bluets, cette couronne de fleurs des champs... c'est bien pastoral.

VALENTINE, *avec chagrin.*

Ah! comme ça, vous ne me trouvez pas bien habillée!

FRÉDÉRIC.

Si fait! mais je n'aime pas le blanc, moi... Vous souvenez-vous, mademoiselle de Vernon, comme elle était jolie, l'autre soir, avec sa robe vert-pomme, ses nœuds roses et son turban jaune?

VALENTINE.

Ah! vous aimez... (*A part.*) j'ai envie de pleurer.

FRÉDÉRIC, *à part.*

Pauvre petit ange! (*Haut.*) Vous avez autre chose à me demander?

VALENTINE.

Oui... mais... je n'ose plus... maintenant que vous me trouvez laide.

FREDERIC, *s'oubliant.*

Moi!... (*Se remettant.*) Parlez donc, je vous prie!

VALENTINE.

Bah! tant pis!... j'ose tout de même... Comme vous avez oublié de m'inviter, monsieur, je venais vous offrir...

FRÉDÉRIC.

Une contredanse?

VALENTINE.

Oui, monsieur... voilà mon carnet.

FRÉDÉRIC, *l'ouvrant.*

Mais il est déjà plein.

VALENTINE, *vivement.*

Non pas! il y a des blancs!

FREDERIC.

Voyons... numéro 2, monsieur d'Estigny; 4, monsieur de Villiers; 6, monsieur de Lucenay; etc., etc. (*Il tourne la page, s'inscrit et le lui rend.*) Je vous remercie.

VALENTINE, *lisant.*

La vingt-quatrième!

FREDERIC.

Dame! vous êtes encombrée.

VALENTINE, *naïvement.*

La première était libre.

FRÉDÉRIC.

La première est pour votre frère, mademoiselle.

VALENTINE.

Il y en avait d'autres, avant la vingt-quatrième...

FREDERIC.

Mais vous oubliez, mon enfant, qu'il faut que je fasse danser d'abord... les grandes personnes... ainsi je maintiens mon numéro. (*A part.*) Elle doit me trouver gentil!

JOSEPH, *entrant.*

Monsieur Benjamin vient d'arriver et demande monsieur de Marsan.

FREDERIC.

Faites entrer... A tantôt, mademoiselle.

VALENTINE.

Je vous salue, monsieur... (*A part.*) J'y pense! c'est peut-être parce que je suis mal habillée qu'il ne veut pas me faire danser... j'ai mon idée. (*Elle sort par la gauche.*)

SCÈNE V.

FRÉDÉRIC, BENJAMIN.

FRÉDÉRIC, *seul.*

Cette fois... j'ai affaire à forte partie... Heureusement que je sais en jouer... du Benjamin. (*Il va s'asseoir à droite, auprès de la cheminée. — Benjamin entre.*) Bonjour, mon cher monsieur... Vous m'aviez demandé un rendez-vous pour ce matin; mais, comme j'étais occupé, je l'ai remis à ce soir... Asseyez-vous donc et chauffez-vous.

BENJAMIN.

Oui, j'ai lu votre petit mot, au bas de l'invitation, et...

FREDERIC.

Que me vouliez-vous, monsieur Benjamin?

BENJAMIN.

Je voulais vous demander si monsieur Duresnel avait laissé pour moi...

FREDERIC.

Un bon de cinq cents francs? Oui, monsieur Benjamin. Monsieur Duresnel vous doit donc de l'argent?

BENJAMIN.

Apparemment, puisque...

FREDERIC

Sans doute; mais savez-vous que c'est une singulière créance que la vôtre?

BENJAMIN.

Pourquoi ça?

FREDERIC

Depuis six semaines, j'ai feuilleté tous les papiers de monsieur Duresnel, ses livres de recette et dépense...

BENJAMIN.

Ah!

FREDERIC

Et j'ai bien vu que, depuis dix ans, il vous a payé cinq cents francs tous les mois, plus une somme de quarante mille francs ce qui donne un total de cent mille francs; j'ai bien vu tout cela... Mais vous êtes le seul créancier dont je n'aie trouvé ni les reçus, ni les titres.

BENJAMIN.

Eh bien?

FREDERIC.

Eh bien, savez-vous ce que j'en ai conclu?

BENJAMIN.

Je ne m'en doute pas.

FREDERIC, *se levant.*

J'en ai conclu que vous étiez un gredin... (ce qui n'a pas été pour moi une découverte) et un imbécile... ce qui m'a surpris... je ne vous le cache pas.

BENJAMIN, *d'une voix angélique.*

Je ne suis pas susceptible, vous le savez; mais quand on dit de pareilles choses à un galant homme...

FREDERIC.

Il vous allonge une paire de soufflets; mais quand on les donne à vos semblables, on leur doit au moins des raisons, n'est-ce pas?

BENJAMIN, *se levant.*

Il me semble.

FREDERIC, *descendant.*

Eh bien! voici mon raisonnement; Monsieur Benjamin n'est pas le créancier de monsieur Duresnel, et celui-ci lui donne de l'argent à termes fixes... Donc, monsieur Benjamin à un talisman, à l'aide duquel il fait chanter monsieur Duresnel. Est-ce clair?

BENJAMIN.

C'est limpide.

FREDERIC.

Eh bien, monsieur Benjamin, comme ça m'ennuie beaucoup d'élever des enfants; et comme je trouve qu'à mon âge, il est temps de se faire une position... je vous propose de vous acheter vôtre... serinette.

BENJAMIN.

Pourquoi faire?

FREDERIC.

Mais pour en jouer, donc!

BENJAMIN.

Ce n'est pas avec six mille francs que ça vous rapporte tous les ans que...

FREDERIC.

Six mille francs!... Mais avec une pareille pompe, je voudrais dessécher, en moins d'un an, la caisse de Monte-Cristo.

BENJAMIN.

Oui... vous, vous êtes jeune... audacieux... entreprenant... puis, vous n'avez rien à perdre; mais moi, j'ai des ménagements à garder, et je ne peux pas aller... de l'avant, comme le voudrais.

FREDERIC.

Eh bien! c'est pour ça... Vendez-moi votre... machin, j'en fais mon affaire.

BENJAMIN, *se grattant le nez.*

Que je vous le vende!

FREDERIC.

Dame!...

BENJAMIN.

Combien?

FREDERIC.

Ça dépend de ce que c'est.

BENJAMIN.

C'est juste... quand on achète, on est bien aise de savoir... du moins, moi, je suis comme ça.

FREDERIC.

Si c'est bon, je vous en donne, en bloc, autant que vous en avez reçu depuis dix ans, y compris les quarante mille francs.

BENJAMIN.

Oh! Monsieur Duresnel m'a déjà proposé ça, dans les commencements de l'affaire; mais une somme n'est qu'une somme, tandis qu'une bonne petite rente...

FREDERIC.

Oui, mais il vous faudrait seize ans pour attraper cent mille francs. Et monsieur Duresnel a dix ans de plus... et puis, n'avez-vous pas remarqué comme il se voûte?

BENJAMIN.

En effet!

FREDERIC, *montrant sa tête.*

Et là-dessus donc!... il n'en a presque plus!...

BENJAMIN.

C'est vrai!

FRÉDÉRIC.

Et après lui, bonsoir les revenus... Son fils vous jetterait tout simplement par la fenêtre.

BENJAMIN.

Vous croyez?

FRÉDÉRIC.

Le petit? Il est rageur comme tout!

BENJAMIN.

Diable!... mais quand je vous aurai montré la chose, si vous alliez vous rétracter?...

FRÉDÉRIC.

Vous en serez toujours nanti.

BENJAMIN.

C'est juste! (*Bas.*) Eh bien! mon cher ami, c'est... un faux!...

FREDERIC.

Un faux!... de monsieur Duresnel?

BENJAMIN.

Non; mais de son père (*avec bonhomie.*) Un faux, très honorable du reste; un faux enveloppé des circonstances... les plus atténuantes! Moi, j'appelerais ça une vivacité, un élan du cœur!... mais la justice a d'autres définitions, et vous comprenez qu'il est toujours désagréable...

FREDERIC.

Je comprends!... Et je maintiens la somme!

BENJAMIN.

Payable... quand?... garantie... par quoi?

FREDERIC.

Payable dans un an... sur ma signature!

BENJAMIN.

Sur votre... Non... non, j'aime mieux vivoter...

FREDERIC, *à part.*

Diable! il faut pourtant... (*Soudainement.*) Ah! c'est cela! (*Haut.*) Ainsi, vous refusez?...

BENJAMIN.

L'incertain pour le certain? toujours...

FREDERIC, *bas.*

Et si je vous faisais un bon, payable le lendemain de mon mariage... avec mademoiselle Duresnel?...

BENJAMIN.

Avec mad... oh! oh!... je comprends! Vous ferez un échange avec le père et il vous donnera sa fille; et vous lui rendrez...

FRÉDÉRIC.

Voilà!

BENJAMIN.

Vous n'êtes pas bête, savez-vous? Mais le bonhomme est faible avec ses enfants; et si la petite regimbe?...

FRÉDÉRIC.

Elle!... oh! il n'y a rien à craindre de ce côté-là.

BENJAMIN.

Eh! bien, mon cher Monsieur, prouvez-moi, vous m'entendez bien, prouvez-moi que mademoiselle Duresnel vous aime, et c'est marché conclu.

FREDERIC, *à part.*

Allons, il le faut!... (*Haut.*) Rien de plus facile (*Il sonne, Joseph paraît.*) Dites à mademoiselle que je la prie de vouloir bien se rendre ici; j'ai à lui parler sur-le-champ. (*Il passe à gauche.*

— *Joseph sort.* — *à Benjamin.*) Vous, entrez dans cette chambre: en laissant la porte entr'ouverte, vous entendrez à merveille et vous pourrez vous convaincre... (*Benjamin se gratte le nez.*) Ce moyen vous répugne?...

BENJAMIN.

Oh! ce n'est pas cela, grand Dieu! je n'y regarde pas de si près. — C'est que j'en ai un meilleur.

FRÉDERIC.

Lequel?

BENJAMIN.

Voyez-vous, en général,... j'aime à traiter les affaires... moi-même.

FREDERIC.

Vous vous méfiez donc de moi?

BENJAMIN.

Moi, mon ami? je me méfie de tout le monde; donc, si vous le voulez bien, c'est moi qui interrogerai la jeune fille, et c'est vous qui écouterez.

FREDERIC.

Mais croyez-vous que mademoiselle Duresnel va confier ainsi à un inconnu...

BENJAMIN.

Si elle vous aime, il n'y a pas d'inconnu qui tienne! D'ailleurs, je verrai bien ce qu'il en est, je vous en réponds. J'entends un murmure soyeux, à votre poste!... et moi, à mon rôle...

FREDERIC.

Allons! j'y consens!... mais soyez prudent!...

ENSEMBLE.

Air *des Néréides.* (Montaubry).

FRÉDERIC.

Patience,
Et prudence;
Il faut lire dans ce cœur,
De naïve
Sensitive,
Sans alarmer sa pudeur.

BENJAMIN.

Patience,
Et prudence;
Je vais lire dans ce cœur,
Etc.

(*Frédéric sort par la droite, premier plan.*)

SCÈNE VI.

BENJAMIN, FRÉDÉRIC *caché,* VALENTINE.

(*Elle a changé de toilette; elle est mise en dépit du bon sens. — Ceci est l'affaire de l'actrice qui tâchera d'être jolie quoique fagotée.*)

BENJAMIN, *l'apercevant.*

Qu'est-ce que c'est que ça?

VALENTINE, *étonnée.*

Monsieur Benjamin.

BENJAMIN.

Lui-même qui vous fait son compliment de la grâce avec laquelle vous portez une toilette...

VALENTINE.

Elle vous plaît?

BENJAMIN, *s'efforçant de ne pas rire.*

Elle est d'un goût!...

VALENTINE.

J'en avais mis une autre, mais je l'ai quittée.

BENJAMIN.

Pourquoi donc?

VALENTINE.

C'était une robe en tulle, et c'est bien... tandis que le damas est plus... léger.

BENJAMIN.

Ah! vous trouvez que le damas est plus léger que...

VALENTINE.

En tout cas, c'est moins petite fille; mais pardon, on m'avait dit que monsieur Frédéric désirait me parler.

BENJAMIN.

En effet, mais au moment de vous recevoir, il a perdu la tête et il s'est enfui.

VALENTINE.

Enfui? — Savez-vous ce qu'il me voulait.

BENJAMIN.

Je crois qu'il voulait vous faire ses adieux.

VALENTINE.

Il part, donc?

BENJAMIN.

Demain... de bien bonne heure.

VALENTINE.

Pour longtemps?

BENJAMIN.

Pour toujours!

VALENTINE.

Que dites-vous?...

BENJAMIN.

Je dis: pour toujours.

VALENTINE.

Il s'ennuie donc ici?

BENJAMIN.

Je ne crois pas, mais il s'y trouve malheureux!

VALENTINE.

Malheureux? et de quoi?

BENJAMIN.

Vous ne le savez pas?

VALENTINE.

Nullement.

BENJAMIN.

Comment, vous ne savez pas... qu'il vous aime?...

VALENTINE, *joyeuse et troublée.*

Moi! lui!... ah! par exemple, j'étais loin de m'attendre... Et c'est tout simple, il me grondait toujours, il me traitait comme une enfant, il me trouvait laide, oui, monsieur, tout-à-l'heure encore... aussi, je ne pouvais pas me figurer...

BENJAMIN.

C'était sans doute pour cacher...

VALENTINE.

Cacher, quoi?

BENJAMIN.

L'amour que...

VALENTINE.

Pourquoi donc le cacher?

BENJAMIN.

Mais... je ne sais pas; peut-être la crainte de vous déplaire...

VALENTINE.

C'est son air moqueur qui me déplaisait.

BENJAMIN.

Ainsi, vous lui pardonnez d'avoir osé...

VALENTINE.

Lui pardonner? c'est donc bien mal d'aimer les gens? il faudrait me le dire, car alors, je ne...

BENJAMIN.

Vous ne...

VALENTINE.

Non, je garde mon secret, il a été trop méchant tantôt.

BENJAMIN.

Il faut pourtant que je lui dise s'il faut qu'il parte ou qu'il reste.

VALENTINE, *vite.*

Il faut qu'il reste!...

BENJAMIN, *à part.*

Cette petite a dû aller en pension. (*Haut.*) Mais s'il reste, il va vous aimer chaque jour davantage...

VALENTINE.

Je l'espère bien!

BENJAMIN, *à part.*

Elle y a été. (*Haut.*) Mais il n'a pas de fortune, et si votre père refuse...

VALENTINE.

Ah! je voudrais bien voir ça, par exemple! s'il s'en avisait, je serais malade pendant deux jours, et le troisième... il irait... en poste, chercher monsieur de Marsan. (*A elle-même.*) Frédéric de Marsan!... c'est un joli nom, n'est-ce pas?

BENJAMIN.

Superbe! ainsi, je vais lui dire...

VALENTINE.

Oh! non...

FREDERIC, *paraissant.*

Eh! bien, non, on ne me dira rien.

VALENTINE, *troublée.*

Quoi! monsieur, vous étiez-là? auriez-vous entendu?

FREDERIC.

Oh! bien malgré moi.

VALENTINE.

Ah! j'espère alors que vous ne me refuserez plus la premiè[re] contredanse.

FREDERIC, *riant.*

Non, certes; mais à une condition...

VALENTINE, *d'un air résigné.*

Dites, monsieur.

FREDERIC.

C'est qu'avant l'arrivée des invités, vous reprendrez vo[tre] première toilette.

VALENTINE.

Elle m'allait mieux, n'est-ce pas? je le savais bien, moi!

FREDERIC.

Alors, pourquoi l'avoir quittée?

VALENTINE.

Il le demande!... c'était pour vous faire plaisir, monsieu[r]. Adieu, je me sauve. (*Elle sort en courant par la gauche.*)

FREDERIC, *la suivant des yeux, avec tristesse, à part.*

Encore un cœur qu'il va falloir briser... (*Changeant de t[on.]* Si ça continue, je prendrai un brevet, moi. (*Haut.*) Eh! bie[n,] Thomas, avez-vous vu?

BENJAMIN.

Oui et ça me suffit.

FREDERIC.

C'est heureux! mais ne perdons pas de temps. (*Il s'assi[ed à] la table de gauche et s'apprête à écrire.*)

BENJAMIN, *l'arrêtant et tirant un papier timbré de sa poche[.]* Pardon!...

(*Frédéric tire une pièce de monnaie de sa poche et la lui don[ne.]*)

BENJAMIN.

Ah! le timbre... merci... (*Il s'assied en face de Frédéric.*)

FREDERIC, *écrivant.*

« Je reconnais devoir à monsieur Benjamin la somme[de] « 100,000 francs.

BENJAMIN.

En toutes lettres.

(*Frédéric écrit.*)

BENJAMIN, *à lui-même.*

Quelle belle chose que l'écriture!

FREDERIC, *continuant à écrire.*

« Que je m'engage à lui payer le lendemain de mon mar[iage] « avec mademoiselle Duresnel. » Nà!... voilà qui est fait. (*Il se lève.*) Maintenant, donnez-moi...

BENJAMIN, *se grattant le nez.*

Pardon, il y a encore une petite chose qui ne me paraît [pas] très-claire.

FREDERIC, *impatienté.*

Laquelle?

BENJAMIN.

Maintenant que la petite consent, qu'elle vous répond[, le] consentement paternel... à quoi bon faire des dépenses [inu]tiles?

FREDERIC.

Quelles dépenses?

BENJAMIN.

Le... la vivacité, l'élan du cœur... que voici. (*Il lui m[ontre] le faux.*)

FREDERIC, *à part.*

Quel homme! (*Haut.*) Rien de plus simple; d'abord, [quoi] qu'elle en dise, le père peut se montrer récalcitrant... [En]suite, vous comprenez qu'avec... ce talisman, je vais faire des folies au papa Duresnel à l'endroit de la dot.

BENJAMIN.

Allons... je vois que vous avez la triture de ces affaires[.]

FREDERIC.

N'est-ce pas? (*En ce moment, on entend, dans la coulisse, [l'or]chestre du bal et l'on voit passer dans le fond les invités, le[s uns] en habit noir, les autres en dominos.*) Le bal va comme[ncer,] dépêchons.

TIMOLÉON.

Mais... avec votre élève.

FRÉDÉRIC.

Avec Edouard? J'en suis désolé, mon cher, mais ce n'est pas possible !

TIMOLÉON.

Vous dites?

FRÉDÉRIC.

Je dis qu'Edouard est un enfant, je dis que je suis son gouverneur et que, par conséquent, je suis responsable de ses faits et gestes. Vous voyez donc bien, monsieur Timoléon, que rien ne s'oppose à ce que nous nous coupions la gorge demain.

TIMOLÉON.

Vous le voulez ?

FRÉDÉRIC.

Je vous en prie.

TIMOLÉON.

Eh bien, monsieur, je serai à Saint-Germain demain matin à neuf heures...

FRÉDÉRIC.

J'y serai à neuf heures moins cinq, monsieur Timoléon.

TIMOLÉON.

Et à neuf heures et demie, je vous aurai tué, monsieur de Marsan.

FRÉDÉRIC.

Si je ne vous ai pas tué à neuf heures vingt-cinq, monsieur Timoléon.

TIMOLÉON.

C'est ce que nous verrons.

FRÉDÉRIC.

C'est ce que vous verrez.

JOSEPH, *entrant avec un manteau sur le bras, à Timoléon.*

Madame m'a dit de prier monsieur de vouloir bien agréer.... son talma.

TIMOLÉON, *le prenant avec colère.*

C'est bien. (*A Frédéric.*) A bientôt, monsieur de Marsan !

FRÉDÉRIC.

Monsieur d'Auberval, à bientôt.

(*Timoléon sort par le fond à gauche.*)

FRÉDÉRIC.

Et de deux ! (*D'un ton ironique.*) Maintenant, mademoiselle Duresnel, je suis tout à vous ! (*Il se dirige vers le fond à droite.*)

(*La musique cesse.*)

BENJAMIN, *entrant.*

Enfin! vous voilà !

FRÉDÉRIC.

Qu'y a-t-il?

BENJAMIN.

Il y a que mademoiselle Duresnel s'inquiète de vous! c'est vrai ! Vous la laissez là comme si vous étiez mariés depuis... huit jours.

FRÉDÉRIC, *souriant.*

J'allais justement lui faire ma cour.

BENJAMIN.

A la bonne heure !... allons ! Frédéric, soyez aimable, brillant, spirituel... ça ne peut pas nuire !...

FRÉDÉRIC.

Vous le voulez ?... Eh bien ! mon cher ami, je vais être... étonnant ! (*Il sort en riant.*)

SCÈNE XI.

BENJAMIN *seul, se frottant les mains.*

Allons! tout va bien ! Dans quinze jours la noce ! et dans seize, je touche mes cent mille... (*Frappé d'une idée subite.*) Ah ! mon Dieu... pourvu que d'ici là, mon gaillard n'aille pas... oh ! non... il a une santé superbe... D'ailleurs, je veillerai sur lui, afin qu'il ne fasse pas d'imprudences, et puis, et puis... pour gagner cent mille francs, il faut bien risquer quelque chose... Du reste, je ne vois pas d'obstacle ; le père consentira ; la fille consent... Frédéric consent, je consens... Mais, s'il se rétractait pourtant !... Ah ! ça qu'est-ce que j'ai donc aujourd'hui ?... mais je suis absurde ! — Est-ce qu'il est possible qu'un vaurien ruiné puisse hésiter à épouser une riche héritière, jolie comme un ange ?... Je sais bien que la manière de l'obtenir n'est pas très...je dirai même qu'elle est un peu...

mais je connais le pélerin, que diable !... c'est mon client !... c'est mon ami !... c'est un affreux coquin ! et je puis avoir en lui toute confiance, toute conf... C'est égal ! je suis inquiet... je ne sais pas pour quoi... mais... je suis inquiet !... (*Il remonte et se rencontre avec Frédéric qui entre par le fond un verre de Champagne à la main.*)

SCÈNE XII.

FRÉDÉRIC, BENJAMIN.

FRÉDÉRIC, *jouant l'ivresse.*

Tiens ! c'est ce vieux sapajou de Benjamin !

BENJAMIN.

Hein? qu'est-ce que vous avez donc ?

FRÉDÉRIC.

J'ai... que je ne sais pas ce que j'ai... Je viens de boire un verre de Champagne, et ça m'a... enfin, j'ai une pointe.

BENJAMIN.

Pour un verre de Champagne?... Vous à qui j'en ai vu boire des tonnes sans sourciller !

FRÉDÉRIC.

Eh bien ! oui... on a des jours comme ça... oh! c'est bien drôle... Ne remue donc pas, Benjamin.

BENJAMIN.

Que je ne...

FRÉDÉRIC.

Oui... tu remues... tu te balances... et ça me fait mal à la tête.

BENJAMIN.

Mais c'est vous qui...

FRÉDÉRIC.

C'est moi? je suis donc gris, alors? mais c'est qu'on le dirait. (*Il rit.*)

BENJAMIN.

Ce n'est pas possible !

FRÉDÉRIC, *reprenant son aplomb et sa voix naturelle.*

Monsieur Benjamin, je vous affirme que je suis gris.

BENJAMIN, *étonné.*

Hein?... mais non; vous voyez bien que vous ne l'êtes pas ?

FRÉDÉRIC, *jouant l'ivresse de nouveau.*

Je ne le suis pas ?

BENJAMIN.

Allons bon ! voilà que ça vous reprend !

FRÉDÉRIC, *avec sa voix naturelle.*

Vous voyez bien que je le suis.

BENJAMIN.

Ah ça, voyons ! c'est une plaisanterie, n'est-ce pas !

FRÉDÉRIC.

C'est pas une plaisanterie du tout ! A ta santé ! (*secouant son verre.*) A pus !

BENJAMIN.

Alors, il faut rentrer chez vous, avant que personne...

FRÉDÉRIC.

Je ne peux pas... puisque je danse la première avec la demoiselle de la maison.

BENJAMIN.

Plaît-il ? Mais malheureux vous voulez donc faire manquer votre mariage ?

FRÉDÉRIC.

Vois-tu, Benjamin, c'est une épreuve.

BENJAMIN.

Une épreuve.

FRÉDÉRIC.

Si Alphonsine persévère, c'est qu'elle m'aimera ! Si elle se fâche, c'est qu'elle ne m'aimera pas... et je veux que ma femme m'adore, moi ! je vais danser.

BENJAMIN.

Mais je m'y oppose ! car enfin, si elle prend la chose du mauvais côté ?

FRÉDÉRIC.

Eh bien ! j'en épouserai une autre.

BENJAMIN.

Une autre !... mais le billet porte: cent mille francs payables

le lendemain de votre mariage avec mademoiselle Duresnel...
Et non pas avec une autre.

FREDERIC.

Je ne peux pourtant pas épouser une femme qui ne m'aimera pas.

BENJAMIN.

Bah ! qu'est-ce que ça fait ?

FREDERIC.

Tu veux donc que je sois malheureux ?

BENJAMIN.

Je veux toucher mes cent mille francs.

FREDERIC.

Eh bien ! tu les toucheras, si Caroline persévère.

BENJAMIN, criant.

Mais si elle ne persévère pas !

FREDERIC.

Eh bien ! tu ne toucheras pas !...

BENJAMIN.

Mais c'est un guet-à-pens !...

FREDERIC, riant.

(Air du quadrille dans la coulisse.)

Quand je te disais que tu n'étais qu'un imbécile !

BENJAMIN, à part.

Bigre ! je me suis enferré. (Haut.) Voyons, Frédéric, rentrez chez vous; je vous en supplie, au nom de l'honneur !...

FREDERIC.

Ne parle pas de ce que tu ne connais pas.

BENJAMIN.

Eh bien ! au nom de l'amitié, car tu es mon ami !

FREDERIC.

Benjamin, je te prie de ne pas me dire d'injures.

BENJAMIN.

Frédéric ! mon bon Frédéric !... (Estelle, Edouard et Valentine paraissent au fond, à droite.)

BENJAMIN, les apercevant.

Il n'est plus temps !

SCÈNE XIII.

LES MÊMES, ÉDOUARD, ESTELLE, VALENTINE.

EDOUARD.

Eh bien ! Frédéric, vous avez donc oublié que vous dansez avec ma sœur, et que je vous fais vis-à-vis ?

FREDERIC.

Au contraire, je cherchais ma danseuse...

VALENTINE.

Me voici, monsieur.

FREDERIC, lui prenant la main.

Allons !

VALENTINE.

Qu'est-ce que vous avez donc !

FREDERIC.

Moi ! je n'ai rien. (Il fait avec elle quelques pas en chancelant un peu.)

ESTELLE.

Ah ! mon Dieu !... Edouard, voyez donc ! monsieur de Marsan se soutient à peine...

EDOUARD.

En effet ! Frédéric ?... est-ce que vous êtes souffrant ? la chaleur, peut-être !

BENJAMIN, vite.

Oui... c'est la chaleur... il me le disait, il n'y a qu'un moment...

FREDERIC.

C'est pas vrai ! c'est ce gueux de Benjamin qui m'a fait boire du Champagne.

EDOUARD, ESTELLE, VALENTINE.

Se peut-il ?

BENJAMIN.

Moi !

FREDERIC, à Edouard.

Quand je vous disais de vous en méfier, du champagne !... Je vais boire du bordeaux !

EDOUARD, le retenant.

Monsieur !

VALENTINE.

Mais, c'est affreux !

ESTELLE.

C'est indigne ! un pareil scandale chez moi.

BENJAMIN, à part.

Je suis ruiné. (Allant, ahuri, à madame Duresnel.) Mon dieu madame, tout le monde a ses petits défauts. (A Valentine.) Je vous jure que ce sera un excellent mari... Moi, je lui donnerai ma fille, si j'en avais une... mais je n'en ai pas.

ESTELLE.

Eh ! monsieur, vous êtes insensé !

BENJAMIN, à part.

Je n'ai plus qu'à me jeter à l'eau. (Il tombe dans un fauteuil.)

FREDERIC.

Eh bien, cette contredanse ?

EDOUARD, le retenant.

Frédéric !

FREDERIC.

J'ai droit à une contredanse, je veux ma contredanse !

EDOUARD.

Monsieur, je vous prie de rentrer chez vous.

FREDERIC.

Et si je ne veux pas, moi !

EDOUARD, remontant.

Joseph ! André ! (Les domestiques paraissent.) Je vous ordonne de faire sortir monsieur, à l'instant !

FREDERIC, prenant une chaise.

Le premier qui bouge, je le casse ! (Les domestiques reculent. — M. Duresnel paraît au fond. — La musique cesse.)

VALENTINE l'aperçoit et court se jeter dans ses bras.

Mon père !

FREDERIC, altéré.

Monsieur Duresnel ! (Reprenant son rôle.) Monsieur Duresnel ! Tableau !...

BENJAMIN, à part.

Il ne manquait plus que ça ! (Duresnel s'approche froidement de Frédéric et lui arrache la chaise des mains.)

JOSEPH, entrant, bas à Benjamin.

Monsieur Timoléon est en bas qui voudrait vous parler. (Il lui parle à l'oreille.)

BENJAMIN.

Qu'est-ce qu'il me veut, celui-là. (Il sort.)

SCÈNE XIV.

DURESNEL, FRÉDÉRIC, ÉDOUARD, VALENTINE, ESTELLE.

DURESNEL.

M. de Marsan, j'ai cru qu'en faisant appel à votre amour-propre, à votre loyauté, je réveillerais en vous le sentiment l'honneur et du devoir; je me suis trompé; — vous avez indignement violé votre mandat. Je vous ai confié ma maison comme à un ami. — Je vous en chasse comme un laquais.

FREDERIC.

Monsieur !

DURESNEL.

Sortez.

VALENTINE, à part.

O mon Dieu !

FREDERIC, jouant toujours l'ivresse.

M. Duresnel... je ne crois pas avoir violé mon mandat; ce que j'ai violé... c'est les lois de la tempérance (A Valentine.) Mais n'était pas dans une mauvaise intention, mademoiselle. (D'une voix naturelle.) Ce n'était pas dans une mauvaise intention.

DURESNEL, étonné.

Qu'est-ce à dire ?

FREDERIC, reprenant son rôle.

Je vais faire mes paquets. (Il sort par la droite premier plan; quelques invités ont paru à la porte du fond. madame Duresnel disparaît par le second salon en causant avec eux.)

SCÈNE XV.

DURESNEL, ÉDOUARD, VALENTINE.

DURESNEL, à part.

Le misérable ! et j'ai pu lui confier mon fils !

EDOUARD.

Mon père, je suis bien heureux de vous revoir... si ma conduite passée a pu vous inspirer des craintes pour mon avenir, si j'ai résisté parfois à votre volonté, je vous en demande pardon. Vous m'avez dit que vos vœux seraient comblés le jour où je serais l'époux de ma cousine... Eh bien, quand vous me croirez digne d'elle, vous trouverez en moi un fils respectueux et soumis.

DURESNEL.

Que dis-tu? un tel changement !...

VALENTINE, retenant ses larmes.

Et moi, mon père, je viens vous dire que je veux me marier tout de suite. M. de Villiers vous a demandé ma main, je le trouve aimable, spirituel et très joli ! et je sens que si je ne l'épouse pas dans quinze jours, je serai la plus malheureuse des femmes.

DURESNEL.

Mais, ma chère, je suis d'autant plus joyeux de cette nouvelle que, d'après tes lettres, j'avais craint un moment...

VALENTINE.

Quoi donc, mon père.

DURESNEL.

Rien, rien ; merci, mes enfants, vous me rendez bien heureux. (Benjamin paraît au fond à gauche.) Mais j'ai à parler à M. Benjamin ; laissez-moi, je vous rejoindrai bientôt.

VALENTINE, à part.

Je suis bien malheureuse. (Elle sort avec Edouard par le fond à droite.)

SCENE XVI.

DURESNEL, BENJAMIN.

BENJAMIN.

Vous vouliez me parler, mon bon monsieur ; je venais de mon côté pour...

DURESNEL.

Allons droit au fait ; je vais marier mes enfants, monsieur, et vous comprenez qu'ils ne peuvent entrer dans d'honnêtes familles, tant que vous posséderez le fatal écrit...

BENJAMIN.

Plaît-il ?

DURESNEL.

Il est temps d'en finir ! Fixez vous-même une somme possible, et je vous la compte à l'instant, en échange de...

BENJAMIN.

A l'instant !... une somme possible !... en échange de ?.. Voyons, M. Duresnel, pas de mauvaise plaisanterie.

DURESNEL.

Monsieur !

BENJAMIN.

C'est donc sérieux ?

DURESNEL.

Je plaisante rarement, monsieur, surtout en pareille matière.

BENJAMIN.

Mais c'est affreux ! ça... mais l'inquisition n'a jamais rien inventé de pareil.

DURESNEL.

Ah ! ça, monsieur.

BENJAMIN.

Vous ne savez donc pas ?...

DURESNEL.

Quoi ?...

BENJAMIN.

Mais je ne l'ai plus, mon bon monsieur, je ne l'ai plus !

DURESNEL.

Vous n'avez plus le...

BENJAMIN.

On me l'a volé ! un traître ! un brigand !

DURESNEL.

Et qui donc ?

BENJAMIN.

Mais votre maudit gouverneur.

DURESNEL.

Monsieur de Marsan ! mais dans quel but ?

BENJAMIN.

Parbleu ! dans le but de me dépouiller d'abord et de vous dépouiller ensuite.

DURESNEL.

Oh ! non, je ne croirai jamais...

BENJAMIN.

Figurez-vous qu'il m'a offert de la chose cent mille francs, payables le lendemain de son mariage avec votre fille.

DURESNEL.

Avec ma fille ! mais comment avez-vous pu croire...

BENJAMIN.

Comment ! mais tout le monde y aurait été pris comme moi... car je l'ai interrogée moi-même, ici, tantôt, et elle a consenti ; car elle consentait, la chère enfant !

DURESNEL.

Que dites-vous !

BENJAMIN.

Là-dessus, j'ai donné mon trésor... pour une lettre de change, et c'est alors que le scélérat s'est grisé ou a fait semblant !

DURESNEL.

Quoi ! c'est à ce moment-là !

BENJAMIN.

Hélas ! oui !

DURESNEL.

Et vous pensez que cette ivresse était feinte ?

BENJAMIN.

J'en mettrais ma main dans le feu !

DURESNEL, à part.

Oh ! je commence à comprendre !

BENJAMIN.

Mais il en a fait bien d'autres, allez... Il a amené ici Rosalie !

DURESNEL.

Rosalie !

BENJAMIN.

Elle a fait demander Timoléon devant votre femme... Il n'a pas voulu venir... Alors, Rosalie a remis à madame Duresnel une promesse de mariage ; madame Duresnel a mis Timoléon à la porte ; là-dessus, Frédéric est arrivé, il a avoué que c'était lui qui avait lancé Rosalie !

DURESNEL.

Quoi !

BENJAMIN.

Oh ! ce n'est pas tout ! monsieur Edouard s'est fâché aussi avec Rosalie et avec Timoléon... car il aimait Rosalie !... Vous ne saviez pas qu'il aimait Rosalie ?... Eh bien ! il l'aimait et il ne l'aime plus, au contraire !... et il a voulu se battre avec Timoléon... et il ne se battra pas ! et c'est Frédéric qui se battra !... Enfin des histoires à faire frémir la nature...

DURESNEL.

Mais comment savez-vous ?...

BENJAMIN.

Par Timoléon, qui m'a demandé d'être son témoin... pour arranger l'affaire...

DURESNEL, qui a écouté Benjamin avec la plus vive attention.

Et que concluez-vous de tout ceci, monsieur Benjamin ?

BENJAMIN.

Parbleu ! j'en conclus que monsieur de Marsan m'a joué sous jambe, et que, désormais, au lieu d'avoir affaire à moi, vous aurez affaire à lui.

DURESNEL, avec bonhomie.

Ah ! il faut avouer que voilà un abominable homme !

BENJAMIN, naïvement.

Il est pire que moi, monsieur, pire que moi !

DURESNEL.

Quoiqu'il en soit, monsieur de Marsan me débarrasse à jamais de l'ennui et du dégoût de votre présence ; c'est un service que je ne puis trop payer. (Il tire un portefeuille de sa poche.) Donnez-moi cette lettre de change et prenez ceci...

BENJAMIN.

Mais...

DURESNEL, prenant la lettre.

Donnez-donc !

BENJAMIN.

Mais, monsieur...

DURESNEL, lui donnant le portefeuille.

Prenez-donc !

BENJAMIN.

Des billets de banque ! Beaucoup de billets de banque ! Mais je ne comprends plus ! et je vous prie de m'expliquer ; car enfin, Frédéric...

DURESNEL.

Quant à lui, je vous promets de le traiter comme il le mérite. (*Remontant.*) Joseph ! Joseph ! accompagnez monsieur... jusqu'à la porte.

BENJAMIN.

Ah ! je comprends ! vous voulez... non ce n'est pas ça... j'y suis !... vous avez l'intention de... non... décidément je ne comprends pas !

DURESNEL.

Il y a une chose que vous devriez comprendre, monsieur, c'est que je vous chasse de chez moi.

BENJAMIN.

Oh ! ça, je l'ai parfaitement saisi et j'ai bien l'honneur de vous saluer. (*Benjamin salue et sort. — Duresnel parle bas à Joseph qui sort par la gauche.*)

SCÈNE XVII.

DURESNEL, FREDERIC.

FREDERIC, *sortant de sa chambre une valise à la main et entrant en appelant Joseph. — A monsieur Duresnel.*

Pardon... ne faites pas attention monsieur, je cherche un domestique pour faire emporter...

DURESNEL.

Un instant, monsieur... Votre ivresse me semble un peu dissipée !

FREDERIC.

Oui, je me suis jeté de l'eau à la figure ; ça m'a remis d'aplomb.

DURESNEL.

Monsieur, je sais tout ce que vous avez fait ce soir ! Vous avez introduit ici une femme perdue ; vous avez tenté de vous faire aimer de ma fille, vous avez provoqué en duel un de mes convives, puis, vous vous êtes grisé. Enfin, il n'y a pas de scandale que vous n'ayez exploité.

FRÉDERIC.

A quoi bon rappeler.

DURESNEL, *impassible.*

Eh bien ! monsieur, vous avez fort bien fait d'agir ainsi.

FREDERIC,

Plaît-il ?...

DURESNEL, *avec émotion.*

Je sais tout, Frédéric ! j'ai tout compris, tout deviné !... et je vous demande humblement pardon !...

FREDERIC.

Monsieur !...

DURESNEL.

Ma fille vous aime, n'est-ce pas ? Elle vous aime, je le sais l'aimez-vous aussi, mon ami ?

FREDERIC, *avec passion.*

Si je l'aime ?...

DURESNEL.

Je vous la donne... si vous la trouvez digne de vous ?... Si vous croyez pouvoir entrer dans une famille dont le chef s'est déshonoré jadis.

FREDERIC.

Déshonoré ! qui a dit cela, monsieur ? qui pourrait le prouver ?... (*Il tire le faux de sa poche et le jette dans la cheminée.*)

DURESNEL, *regardant brûler le papier.*

Vous avez raison, Frédéric ; c'est un mauvais rêve que j'ai fait ! (*Il essuie une larme. — Serrant la main de Frédéric.*) Mon ami ! mon fils ! (*Musique en sourdine à l'orchestre.*)

FREDERIC, *avec passion.*

Moi, l'époux de Valentine ? Oh ! si elle savait tout ce qu'il m'a fallu supporter de luttes et de combats, pour imposer la froideur à mon visage et le silence aux battements de mon cœur !... Oh que je suis heureux !... Moi, Frédéric le viveur, le mauvais sujet ! Je vais reprendre ma place parmi les braves gens. Je vais rentrer dans le monde régulier...; honnête, réhabilité, et j'y pourrai marcher le cœur joyeux, la tête levée (*Subitement lui-même.*) Ah ! mon Dieu ! cette lettre de change, payable le lendemain de... (*Haut.*) Monsieur, ce mariage est impossible !

DURESNEL, *souriant.*

Impossible ? Et pourquoi ?

FREDERIC.

Ah ! Je vous en supplie, ne me le demandez pas.

DURESNEL.

Je parie que je devine ; vous avez des dettes, n'est-ce pas ?

FREDERIC, *vite.*

Des dettes, oui ! des dettes considérables !

(*Duresnel a tiré la lettre de change de sa poche, il la montre à Frédéric, puis la brûle aux bougies qui sont sur la table de gauche.*)

DURESNEL, *brûlant la lettre.*

C'est vous qui le dites, Monsieur ; mais qui pourrait le prouver ?...

FREDERIC.

Quoi !... vous avez... (*Il veut lui baiser la main, Duresnel lui ouvre ses bras.*)

(*Madame Duresnel, Édouard et Valentine paraissent à la porte de gauche.*)

SCÈNE XVIII.

LES MÊMES, ESTELLE, ÉDOUARD, VALENTINE.

DURESNEL.

Ma femme, mes enfants, je vous présente l'époux de Valentine.

ESTELLE.

Quoi, monsieur, un homme qui...

DURESNEL, *bas.*

Qui vous a sauvée, madame. (*Estelle baisse les yeux.*)

EDOUARD.

Mais, mon père, avez-vous songé à ce que va dire le monde ?

DURESNEL.

Mon ami, le monde dira ce qu'il voudra ; mais je sais, moi, qu'en mariant Valentine à monsieur de Marsan, j'agis en bon père de famille. Du reste, c'est à Bordeaux, chez mon vieil ami, chez votre père que nous signerons le contrat ; car il est sauvé, Frédéric, et il vous pardonnera. Tu ne dis rien, Valentine ?

VALENTINE.

Mais, mon père, je ne sais si je dois...

DURESNEL.

C'est un galant homme, tu peux m'en croire, mon enfant.

VALENTINE.

Du moment que vous m'en répondez, je m'en rapporte à vous. (*Allant à Frédéric.*) Mais à une condition, monsieur.

FRÉDERIC.

Laquelle ?

VALENTINE.

C'est que vous ne boirez plus.

FREDERIC, *échangeant un regard avec Duresnel.*

Je vous le promets.

Le rideau baisse.

FIN.

LAGNY. — Imprimerie de A. VARIGAULT.

www.ingramcontent.com/pod-product-compliance
Lightning Source LLC
Chambersburg PA
CBHW051258050726
47595CB00008B/3311